전여친이었다
새엄마가 데려온 딸이
5
당신은 이 세상에 단 한 명뿐

카와나미 코구레
Kogure Kawanami
미즈토와 유메의 관계를 지켜보는 자칭 『연애ROM 전문』.
HOT SNA
“후훗, 기뻐?”
팝
이리도 유메
Yume Irido
미소녀 우등생이자 고교 데뷔에 성공한, 미즈토의 전 여친이자 의붓남매.
미나미 아카츠키
Akatsuki Minami
카와나미의 소꿉친구이자 전 여친. 여전히 유메에게 집착 중.

"오오~, 양손에 꽃이네요."
"진짜 꽃은 꽃을 자칭하지 않을 거라고."
히가시라 이사나
Isana Higashira
보통 외톨이로 지내는 라노벨 오타쿠 소녀. 미즈토에게 차였지만 짝사랑은 진행 중.
이리도 미즈토
Mizuto Irido
유메의 전 남친이자 의붓 남매. 절친이라 그런지 이사나에게는 물러터진 편.

"으응~."
침대 위에 퍼질러 앉은 히가시라가.
방금 깨서 멍한 목소리로 신음을 흘리며.
양손으로 티셔츠 자락을 잡고 걷어 올렸다.
복부를 살펴보려는 게 아니었다.
옷자락을 쥔 자세, 그리고 저 거침없는 움직임으로 볼 때—
옷을 훌렁 벗으려는 게 틀림없다.

새엄마가 데려온 딸이 전여친이었다 5

「당신은 이 세상에 단 한 명뿐」

카미시로 쿄스케 지음

타카야Ki 일러스트

이승원 옮김

목차 Contents

전 여친은 몰래 부끄러워한다
"대체 뭐 하자는 거야, 정마아아아아아알!!"

◆ 이리도 미즈토 ◆

커다란 흰색 묘비 앞에서, 유메가 조용히 합장을 하고 있다.

묘지의 분위기는 그다지 좋아하지 않는다. 기분을 억지로 가라앉게 만드는 정적이, 텅 빈 자기 자신을 드러나게 만들기 때문이다.

이 무덤 아래에 잠들어 있는 사람은 바로 내 친어머니다.

하지만 나는 그 사람을 만난 적이 없다. ―영정 사진을 통해 얼굴을 알기만 할 뿐, 어떤 목소리를 지녔고 어떤 식으로 이야기를 하는 사람인지는 전혀 알지 못했다.

부모를 잃은 아이라는 연민의 대상이면서도, 어머니란 존재에 대한 감정이나 애착이 없다.

성묘는 그것을 억지로 떠올리게 만들기에, 그다지 좋아하지 않는다.

묘비 앞에서 몸을 웅크린 채 조용히 눈을 감고 있는 유메도, 그 점은 마찬가지이리라.

유니 씨는 남편의 전처에 대해 나름대로 생각하는 바가

좀 있을 것이다. 하지만 그 딸에 지나지 않는 그녀가 내 어머니에게 별다른 감정이나 생각을 품고 있을 리가 없다.

하지만, 그녀의 표정은 무언가를 말하고 있는 것만 같았기에—.

자연스레, 떠올리고 말았다.

시골 여름 축제. 외곽에 있는 조그마한 신사. 유메의 얼굴을 비추는 불꽃의 화려한 빛. 그리고—.

……그 도전적인 눈동자에는, 어떤 의미가 담겨 있었던 걸까.

예전 같은 사이로 돌아가고 싶은 걸까? 이런 환경에서? 제정신이 아니다. 법률적으로 괜찮으니까, 라는 말로 넘어갈 일이 아닌데?

만약, 또 헤어지게 된다면.

그리고, 그걸 아버지와 유니 씨가 알게 된다면—.

……만약 그럴 작정이더라도, 왜 솔직하게 말하지 않은 거야.

말해줬다면, 나는— 나는?

……나는, 어쩔 작정이었을까?

갈피를 잡을 수 없는 감정만이 가슴속에서 맴돌고 있었다. 큭, 기분 나빠…….

"그럼 주지 스님에게 인사하고 올게."

"너희는 여기서 기다리고 있으렴~."

성묘를 마친 후, 절의 문 앞에서 기다리게 됐다.

유메와 1미터 정도 거리를 둔 후, 화창하기 그지없는 여름 하늘을 올려다보았다.

"……."

"……."

……거북해…….

처음 만났을 때와도, 사귀던 시절과도, 동거가 시작됐을 때와도 다른, 미묘한 분위기였다. —혹시, 나만 상대방을 신경 쓰는 걸까. 유메는 아무렇지도 않은 걸까. 태연한 표정으로 스마트폰을 만지작거리고 있는 건 아닐까……?

나는 시뻘겋게 달궈진 물건을 만지듯, 조심조심 옆을 쳐다보았다.

그러자, 시선이 마주쳤다.

유메가, 내 눈을 지그시 응시하고 있었다.

불꽃의 빛에 물들었던 얼굴이 머릿속에 떠올랐다. 코앞에서 봤던, 결의에 찬 눈동자가 눈앞에 어른거렸다.

뭔가 할 말이 있는 것처럼 보였다.

꼭 말하고 싶은 무언가가 있다고, 눈동자가 호소하는 것만 같았다.

괜찮을까?

내가, 그 말을 들어도, 괜찮을까?

그리고— 대답해도, 괜찮을까?

몸이 굳으면서, 눈을 깜빡거리지 않게 되더니, 목이 맹렬하게 말라 들어갔고—.

고장 난 것처럼 사고회로가 작동하지 않는 상태에서, 어찌어찌 각오를 다진 순간—.

유메가, 고개를 휙 돌렸다.

……어?

나를 내버려 둔 채, 그 여자는 스마트폰을 만지작거리기 시작했다.

나한테는 눈곱만큼의 흥미도 없는 것만 같았다.

"……."

"……."

—뭐 하자는 거야!!

◆ 이리도 유메 ◆

"—뭐 하자는 거야, 정마아아아아아알!!"

성묘를 마치고 돌아온 후, 나는 내 방 침대에 뛰어들어서 베개에 얼굴을 묻은 채 버둥거렸다.

이 우둔한 몸뚱이는 왜 내 생각대로 움직이지 않는 걸까.

겨우 미즈토와 단둘이 있게 됐는데, 시선도 마주쳤는데, 무슨 말을 하면 좋을지 알 수가 없었다. 머릿속이 빙글빙글 돌고, 목이 막히면서, 결국, 고개를 돌리며 얼버무리고 말았다.

시골에서 돌아온 후로, 쭉 이런 상태였다.

대화는 고사하고 얼굴조차 쳐다볼 수가 없다. 한 공간에 있기만 해도 가슴이 뛰면서 안절부절못했다. 가족에게 이상한 모습을 보여줄 수는 없으니, 일단 표정을 굳히며 태연한 척할 수밖에 없다.

아마 내가 매몰차게 구는 것처럼 보였을 거야…….

그렇지 않아. 몰라서 이러는 거야! 너를 다시 꼬시겠다고 결의한 건 진짜거든?! 하지만 잘 생각해보니 나는 중학교 때, 너를 꼬신 적이 없어! 반쯤 정신이 나간 상태에서 러브레터를 써서 줬더니, 그냥 성공했을 뿐이야!

여차할 때, 어떻게 하면 좋을까……. 얼마 전까지 싫은 소리를 주고받았는데, 이제 와서 귀여운 척을 해봤자 의미 없을 테고…….

아아아아~! 나는 대체 넉 달 반 동안 뭘 한 거야!

……우선, 내 마음이 변했다는 것을 전해야 하지 않을까.

그렇다. 키스를 하면서 확 고백해버릴 걸 그랬다. 어차피 한 번 헤어졌으니까, 거절당하더라도 대미지는 그다지 크지 않다. 그 후에도 물러나지 않고 계속 밀어붙이면 될 일이다. 추리소설의 명탐정도 아니고, 충분히 상황이 조성된 후에 한 방에 끝내자는 식으로 가는 건 겁쟁이의 변명에 지나지 않는다.

아직 늦지 않았다.

거절당할 것을 각오하며 다시 좋아하게 됐다고 밝힌 후에 태도와 발언을 통해 마음을 계속 전하다 보면, 그의 마음속에 환영처럼 남아 있는 과거의 나를 쫓아낼 수 있을지도—.

"……."

—있을지도, 모르지만…….

지금은, 좀, 그러니까, 타이밍이 좋지 않다고나 할까. 가족들도 집에 있으니 말이다. 성묘 직후에 고백하는 것도 타이밍이 좀 그런 것 같고—.

—똑똑.

"있어?"

"히익?!"

미, 미즈토?!

"있지? 들어가도 돼?"

"괘, 괜찮은데— 아, 아냐아냐아냐! 안 돼! 역시 안 돼!"

"괜찮다면 들어갈게."

"잠깐만—?!"

나는 침대에서 뛰쳐 나와서 문을 막으려 했지만, 그 전에 철컥하는 소리를 내며 문이 열렸다.

미즈토는 날카로운 눈빛으로 나를 쳐다보더니…….

"머리카락이 흐트러졌네. 낮잠이라도 자고 있었던 거야?"

"에엥?"

다급히 화장대를 쳐다본 나는 손으로 흐트러진 머리카락을 정돈하면서 거울 너머로 미즈토의 표정을 살폈다. 미즈토는 한쪽 발에 체중을 실으며 팔짱을 낀 채 내 등을 쳐다보고 있었다.

거울 너머로라면, 어찌어찌 차분하게…….

"……무슨 일이야?"

너무 차분해지려고 한 바람에, 목소리가 퉁명해졌다. 하아, 정말!

"딱 잘라서 말해둘까 해서 말이지."

미즈토는 닫힌 문에 등을 맡기며 말을 이었다.

"나는 이제 와서, 네 속내를 유추하려고 골머리를 썩일 생각이 없어."

"……뭐?"

"단도직입적으로 묻겠어. 축제 때의 키스는 어떤 의미야?"

몸이 굳어버린 나는 뒤돌아볼 수 없었다.

어…… 어떤 의미, 냐니…… 키스할 이유라면 하나뿐이잖아……?!

거울 속의 미즈토는 문에서 등을 떼더니, 나한테 성큼성큼 다가왔다.

"분위기에 휩쓸렸던 거야? 아니면 다른 이유가 있어? 그 도전적인 눈빛은 어떤 의미인데? 나는 전혀 이해가 안 돼."

미즈토는 돌아보고 있는 내 어깨를 움켜잡더니, 억지로 돌렸다.

몸이 빙글 돌더니, 미즈토의 얼굴이 코앞까지 다가왔다.

긴 속눈썹이 드리워진 지적인 눈동자가, 내 눈을 꿰뚫듯이 응시하고 있다.

"하고 싶은 말이 있으면, 똑똑히 말해."

또…… 똑똑, 히…… 그럴 수 있다면 이렇게 고생하지 않거든?! 그리고, 분위기에 휩쓸려? 내 일대 결심을 분위기 따위로 치부하는 거야?! 그리고 얼굴은 왜 이렇게 잘생긴 거야! 멋진 얼굴 좀 내밀지 말란 말이야! 또 키스하고 싶어지잖아! 그래도 돼?! 안 돼?!

짜증과 수치와 욕망이 뒤섞이며 머릿속에서 부글부글 끓어오르더니, 부풀어 오른 끝에—.

"—균."

"균?"

"균형을 잃었던 거야!!"

나는 영문도 모른 채, 그렇게 외쳤다.

"차, 착각하지 말아 줄래? 입술이 살짝 닿았을 뿐이잖아. 처음도 아니고! 그 정도 일로 의식하지 좀 마! 게다가 마치 내가 잘못했다는 듯 되게 치근덕거리네! 그런 점이 딱 질색인 거야—!!"

척수 반사적으로 입에 나오는 대로 외친 후, 거친 숨을 내쉬었다.

하아, 하아, 하고 숨을 쉬며 뇌에 산소를 공급하다 보니…… 서서히, 정신이 들었다.

……어, 라? 나, 방금…….

"……."

미즈토는 입을 다문 채, 조용히 나한테서 떨어졌다.

아.

자…… 잠깐만 기다려. 방금 한 말은, 진심이—.

"……그랬구나."

감정이 실리지 않은 목소리가 들려왔다.

"미안하게 됐어."

변명을 생각할 짬도 없었다.

미즈토는 그 말을 남긴 후, 내 방에서 나가버렸다.

홀로 남겨진 나는 한동안 멍하니, 닫힌 문을 쳐다보았다.

그리고— 침대에 힘없이 털썩 쓰러졌다.

—네, 사고쳤습니다~.

◆ 이리도 미즈토 ◆

"……젠장."

나는 무심코 그렇게 중얼거렸다. 가슴속에서 응어리져있는 감정을, 어떻게든 토해버리고 싶었다.

균형을, 잃었을 뿐.

그래. 네가 그걸로 됐다면 좋아. 그게 고의든 사고든, 우리가 남매라는 사실도, 사귀었지만 헤어진 사이라는 과거에도 변함은 없잖아. 그걸로 됐어! 그걸로!

짜증에 사로잡혀 있을 때, 스마트폰이 진동했다.

전화가 왔다. 화면에는『히가시라 이사나』라는 이름이 표시되어 있었다.

"여보세요."

『여보세요~. 문 열어 주세요~.』

맞아. 오늘 놀러 오겠다고 했었지.

방을 나선 나는 1층으로 내려간 후, 현관에서 신발을 대충 신고 문을 열었다.

"미즈토 씨~!!"

"우왓."

그 순간, 기다렸다는 듯 히가시라가 내 목을 끌어안았다.

나는 뒤편으로 몇 걸음 내디디며 어찌어찌 균형을 잡은 후, 어린아이를 달래듯 히가시라의 등을 가볍게 두드려줬다.

"보자마자 안겨들지 마. 네가 무슨 애완견이야?"

"그렇지만…… 오래간만인걸요. 이 며칠 동안, 제가 얼마나 외로웠는지 알아요? 고독사하는 줄 알았다니까요."

"고독사라는 건 토끼가 쓸쓸해서 죽는 것 같은 현상이 아냐. 그것보다 너는 슬슬 인터폰이라는 것을 이용해보는 게 어때?"

"싫어요. 미즈토 씨 말고 다른 사람이 나오면 무서울 것 같거든요."

"6○킬로그램짜리 물체가 느닷없이 돌진해오는 게 더 무서울걸?"

"누가 6○킬로그램이라는 거예요!"

"얼마 전에 우쭐대며 가슴 무게를 설명했었잖아? 그걸로 예상해보면 네 체중은 그쯤 될 것 같거든?"

"아무리 가슴이 커도 체중에는 영향이 없다고요~."

삐친 투로 그렇게 말한 히가시라가 내 목덜미에 얼굴을 비볐다. 나는 그런 그녀의 뒤통수를 쓰다듬어주며, 부드러운 머릿결 사이에 손가락을 집어넣었다.

그러자, 언짢은 마음이 가라앉는 것이 느껴졌다.

"……애니멀 테라피도 무시하지 못하겠는걸."

"잘은 모르겠지만, 방금 저를 동물 취급했어요?"

동물을 기르고 싶었던 적은 없지만, 이렇게 효과가 좋다면 생각해볼 여지는 있을 것 같다.

찰싹 들러붙은 히가시라를 질질 끌면서, 나는 일단 방으로 향했다.

도중에 거실 앞을 지나고 있을 때…….

"미즈토? 히가시라 양이 왔니?"

"응. 방으로 데려갈게."

"어서 오렴, 히가시라 양! 나중에 과자 가져다줄게!"

"괘…… 괜찮아요……."

아버지와 유니 씨는 히가시라를 환영하는 것 같다. 하지만 히가시라는 아직 익숙해지지 않은 것 같았다. 그렇게 작은 목소리로 말하면 안 들릴 거라고.

계단을 올라간 후, 내 방에 들어갔다. 그러자 히가시라는 익숙한 발걸음으로 방을 가로지르더니, 침대 가장자리에 털썩 주저앉았다.

"휴우~."

"자기 집처럼 편안해하지 마. 여행 마치고 돌아온 직후냐?"

"저는 미즈토 씨의 베개를 안 베면 잠을 못 자거든요."

"그럼 매일 밤에 어떻게 자는데?"

내 침대에서 굴러다니는 히가시라를 곁눈질하며, 나는 책상 위에 둔 상자를 들었다.

"히가시라. 받아."

"네~?"

얼굴 옆에 그것을 두자, 히가시라는 몸을 돌리면서 그것을 쳐다보았다.

"이게 뭔가요? 폭탄이에요?"

"네 사고회로는 테러리스트네. 여행 선물이야."

"오오~! 여행 선물!"

"역에서 팔던 과자를 사 왔어. 가족과 같이 먹어."

히가시라는 상체를 일으키더니, 눈을 반짝이며 그 상자를 치켜들었다.

"여행 선물…… 친구에게 받은 건 처음이에요."

"그렇겠지. 감사히 네 칼로리로 삼아."

"네. 가족과 단체로 살찔게요."

"그럼 명백한 테러네."

히가시라는 기분이 좋아진 건지 몸을 좌우로 갸웃거렸고, 나는 그런 그녀의 옆에 앉았다.

시골에서 있었던 일을 이야기해줄까 했지만…… 딱히 이야기해줄 만한 게 없는걸. 서재에 틀어박혀서 책만 읽었으니까 말이야.

그런 생각을 하고 있을 때, 히가시라가 갑자기 입을 열었다.

"그런데, 무슨 일이에요~?"

"응?"

히가시라는 선물 상자를 무릎 위에 두더니, 내 책장을 쳐다보며 말했다.

"왜 히가시라 테라피로 치유받은 거예요? 무슨 문제라도 생겼어요?"

"……혹시나 해서 묻는 건데, 내 상담 상대가 되어주려는 거야?"

"아뇨. 그냥 신경 쓰여서 물어봤을 뿐인데요."

"그렇지?"

이 녀석이 건설적인 타개책을 내놓는 모습이 상상조차 안 됐다.

“뭐, 별일 아냐. 요즘 유— 의붓동생의 태도가 삐딱하거든.”

무심코 이름으로 부르는 것을 주저하고 말았다. 왠지, 다른 사람 앞에서 그렇게 부르면 안 될 것 같은 느낌이 들었다.

“시선이 마주쳐도 무시하지를 않나, 말을 걸면 화내지 않나……. 때늦은 반항기라도 시작된 건가 싶다니깐.”

“흐음~. 그렇군요~.”

“……너, 관심 없지?”

“제가 물어놓고 관심 안 가져서 죄송해요.”

“관심 있는 척이라도 하라고…….”

“그런 게 가능하면 이리 고생하지 않을 거에요.”

“네 의견을 말해봐.”

“네~? 으음~. 생리 아닐까요?”

“최악의 답변이네!”

“그게 아니더라도, 유메 양은 정서불안 같은 면이 있으니까요. 미즈토 씨와 함께 시골에 가서도 전화를 줬어요. 미즈토 씨의 첫사랑이 어쩌고 같은 소리를 하던데요?”

“뭐? 첫사랑? 마도카 씨 말인가……. 그 녀석, 자기 착각을 남한테 퍼트린 거냐고…….”

“착각인가요?”

“그래.”

“유감이에요……. 사랑에 빠진 쇼타 미즈토 씨는 참 귀여웠는데…….”

“진짜로 본 것처럼 떠벌리지 마. 네 망상이잖아.”

“누나와 함께 목욕하며 가슴이 콩닥거리는 미즈토 씨…….”

“내가 쇼타면 상대방도 로리야. 나이가 그렇게 차이 나지 않거든.”

“그것도 나름대로 에로틱하네요!”

콧김을 씩씩 뿜는 히가시라는 일단 제쳐두기로 한 나는 다시 본론에 들어갔다.

“정서불안……. 확실히 일리 있어.”

“그렇죠~? 기분의 변동이 극심한 사람이잖아요~.”

“너와 비교하면 누구라도 심한 부류에 들어갈 거라고 생각해.”

“으음~. 저도 그렇게 차분한 편은 아니라고 생각하는데요.”

“누구나 자기 일은 잘 모르는 법이거든.”

“그런가요? 저는 급락이 꽤 심한 편인데요.”

“나한테 차였을 때도 그렇게 급락하지 않았으면서…….”

“금방 회복됐을 뿐이에요. 아무튼, 유메 양도 곧 괜찮아지지 않을까요? 그때까지는 히가시라 테라피로 치유되세요~.”

그렇게 말한 히가시라가 내 볼을 손가락으로 콕콕 눌렀다. 이익, 성가시네.

자동 반격 기능이 발동한 나는 히가시라의 볼을 쥐어짜듯 양손으로 꾹 눌렀다.

“이러지 마세요~! 못난이가 된다고요~!”

“그렇지 않아. 귀여워. ……문어 같지만 말이야.”

“다 들리거든요?! 소녀의 순정을 가지고 노는 거죠?!”

“듣기 좀 그렇네. 우리는 친구 사이잖아?”

“그런 식으로 말하는 사람과는 친구로 지낼 수 없어요!”

버둥거리는 히가시라를 한동안 장난감처럼 가지고 놀면서 스트레스를 풀었다.

◆ 이리도 유메 ◆

『그렇지 않아. 귀여워—』

『—가지고 노는—.』

『—좀 그렇네—.』

『—친구로 지낼 수 없어요—.』

……………………?!?!?!?!

옆방에서 들려오는 소리에, 나는 아연실색했다.

어? 어? 방금 목소리…… 히가시라 양, 맞지?

귀엽다고, 말한 거야? 미즈토가? 다른 사람도 아니고 미즈토가? 가지고 논다는 건 또 무슨 소리야? 왜 친구로 지낼 수 없다는 건데?! 설마—.

뇌에 떠오른 것은, 알몸이 된 히가시라 위에 상냥히 올라탄 미즈토의 모습이다.

드디어— 드디어, 그 두 사람이……!!

어, 어째서? 어째서, 어째서, 어째서?! 한동안 안 만났으니까? 아니면 내가 아까 사고 친 바람에, 미즈토가 확 히가시라 양에게 넘어가—.

잠깐만.

진정해. 정신이 나갔어. 나, 지금 정신이 나갔단 말이야. 억측에 빠져들지 마. 아무런 증거도 없잖아. 방금 목소리도, 또렷하게 들린 건 아니잖아. 착각, 아니면 잘못 들은 것일 가능성이 커.

나는 성장했어.

예전에 미즈토와 갈라섰을 때 같은 실수를 반복하지는 않겠어.

"……좋아……!"

확인하자.

벽 너머에서 들려오는 목소리만으로 판단하려고 하니 문제인 거다. 두 눈으로 진실을 확인하자. ……좀 무섭지만…… 어차피, 그 두 사람이 선을 넘을 리 없다. 내 지나친 생각일 게 뻔하다. 그래, 맞다. 착각이라는 걸 확인하러…….

가자.

몰래 자기 방을 나선 나는 발소리를 죽인 채 복도를 걸었다. 미즈토의 방은 바로 옆이다. 신중에 신중을 기하는 편이 좋다.

문을 조금만 열고, 안을 확인하자. 이건 훔쳐보는 게 아니다. 그 남자의 남매로서, 히가시라 양의 친구로서, 두 사람이 망측한 행위를 하는 게 아닌지 확인하려는 것뿐…….

문손잡이를 쥐었다. 심장 뛰는 소리가 너무 커서, 아무것도 들리지 않았다. 손에 힘을 줬다. 몸이 크게 흔들리는 느낌이 들어서, 한순간 망설였다.

그리고—.

나는, 미즈토가 히가시라 양을 덮치는 광경을 봤다.

희미하게 열린 문틈으로.

조용히 눈을 감은 채, 바닥에 누워있는 히가시라 양과.

애정이 담긴 눈길로 그녀의 얼굴을 응시하며, 그녀의 몸 위에 올라탄 미즈토가 보이자.

어질어질하고, 아찔아찔하며, 눈앞이 깜빡깜빡거렸다.

"—어머나~."

기절하려던 순간, 뒤편에서 갑자기 들려온 목소리에 그 자리에서 펄쩍 뛰었다.

미즈토와 히가시라 양이 흠칫 놀라며 이쪽을 쳐다봤고, 나도 뒤편을 돌아보았다.

쟁반을 든 엄마가 있었다.

내 뒤편에서 방 안을 들여다보며, 엉큼한 웃음을 흘리고

있었다.

"과자를 가지고 왔는데, 타이밍이 좀 나빴나 보네. 나중에 다시 올 테니까, 하던 거 계속하렴~."

"잠깐…… 기다려요! 유니 씨!"

자기를 부르는 미즈토의 목소리를 무시한 엄마는 「봤네, 봤어~♪」 하고 노래 부르듯 중얼거리며 계단을 내려갔다.

그리고, 나만이 이곳에 남겨졌다.

"……."

"……."

미즈토와 시선이 마주쳤다.

이 상황에서 할 말은 하나뿐이었다.

"……하던 거 계속해~."

"이봐, 기다려!!"

싫어!

나는 갈 때와 달리, 거친 발걸음으로 도망치듯 내 방으로 돌아갔다.

"……훌쩍…… 훌쩍……."

안녕하세요. 패배자예요.

너무나도 짧은 싸움이었다. 겨우 이틀도 이어지지 못한 승부였다.

아니, 애초에 히가시라 양과는 싸울 생각조차 없었다.

이러쿵저러쿵해도, 저 두 사람은 그렇고 그런 사이가 될 리 없다고 여겼다.

그런데, 설마…… 좀 부끄러워서, 좀 매몰차게 대했을 뿐인데, 이렇게 간단히…… 크으윽……!

저 남자도 얼마 전에 나와 그런 일이 있었는데, 다른 여자를 자기 방으로 데려와서 엉큼한 짓을 하다니……! 대체 신경이 어떻게 되어 먹은 거야? 나를 자기 방에 데려왔을 때는 손가락도 못 댔으면서! 왜 히가시라 양 상대로는 간단히 선을 넘는 건데! 바보! 내숭 색골! 발정기! 글래머 환장맨!

치밀어오르는 처량한 마음을 도저히 억누를 수가 없었다.

나는 무의식적으로 스마트폰을 손에 쥐었다.

전화를 건 상대는, 고등학생이 된 후로 통화 시간이 가장 긴 친구다.

『여보세요?! 돌아왔구나, 유메! 외로웠어~~!!』

"……아까쯔끼 양……."

『어?! 뭐야? 누구야? 좀비?!』

◆ 이리도 미즈토 ◆

"이야~, 오해받았네요~!"

"기쁜 듯이 말하지 마."

이제까지 들었던 목소리 중에서 톱클래스로 높은 톤이었다. 너, 그런 목소리로 낼 줄 아는구나.

히가시라는 내 침대 위에서 발을 버둥거리며 말했다.

"완전히 그렇고 그런 사이라고 여겨진 것 같네요~! 내일부터 『저 두 사람이 어제……』 같은 눈길로 쳐다볼 거예요~!"

"골머리가 아픈 사람 옆에서 흥분 좀 작작 해! 너는 괜찮겠지만, 나는 저 두 사람과 한집에서 살고 있거든?! 집안에서 그런 눈길을 받는 사람의 심정을 네가 알긴 해?!"

"에이, 나중에 제대로 설명하면 될 일이잖아요. 지금은 이 실속 없는 우월감에 젖게 해주세요."

"실속 없다는 건 알고 있는 거냐……."

"저로서는 실속이 있더라도 전혀 상관없는데요?"

그렇게 말한 히가시라는 침대에 벌러덩 누웠다.

저 자세에선 풍만한 가슴이 중력에 의해 형태가 바뀌어야겠지만, 브래지어가 받쳐주고 있는지 그런 사태가 벌어지지 않았다.

그리고 히가시라는, 애원하는 눈길로 나를 쳐다보며—.

"……이거, 좀 에로틱하지 않아요? 무방비하게 누워서 지그시 바라보는 거요."

"그래그래. 에로틱하다, 에로틱해."

"부우~! 때로는 여자애의 자존심을 세워줘도 괜찮을 거라고 생각하는데요!"

너한테 그런 게 있었냐.

히가시라의 어처구니없는 이야기에 어울려주고 있을 때, 스마트폰이 진동했다.

전화 왔어? ……미나미 양한테서?

"여보세요."

『참 즐기고 있으신가 보네요!』

뭐야? 되게 참신한 인사네.

『용케 바로 전화를 받았잖아! 휴식 중이야? 인터벌이려나? 이딴 전화 빨리 끊고 제2라운드에 들어가고 싶으려나?! 히가시라 양의 가슴을 탐닉하고 싶어서 좀이 쑤시려나?! 내 대시에 넘어오지 않은 게 이제 납득되네!!』

"무슨 소리를 하는 건지 모르겠지만, 일단 진정—."

"미즈토 씨~. 다음에는 엎드려서 하는 게 어때요~?"

『이번에는 뒤에서 하냐~!!』

"히가시라! 통화 중인 사람한테 말 걸지 마!"

초장부터 버서크 상태인 미나미 양을 어찌어찌 진정시킨 후, 자초지종을 물었다.

아무래도 오해를 한 유메가 그녀에게 도움을 청한 것 같았다.

『저기, 내가 왜 이렇게 화난 건지 알아?』

"그 질문은 카와나미 녀석한테 해줬으면 좋겠는데 말이야."

『이 며칠 동안 말이야, 너희가 귀성한 바람에 말이야, 유메를 만나지 못해서 말이야, 오늘은 돌아온다고 들어서 말이야, 전화 올까? 안 올까? 하며 아침부터 가슴 졸이고 있었는데 말이야, 드디어 왔다~! 하고 싶었더니, 친구와 가족이 재미보고 있다~ 같은 푸념을 듣게 된 내 기분을 말이야! 알겠냐고 묻는 거야!』

"정말 미안해."

어처구니없는 끼어들기 사고다. 그 여자, 너무 빨리 퍼트리는 거 아냐? 독감이냐.

『……그래서? 진짜로 한 거야?』

미나미 양은 의심으로 가득 찬 목소리로 물었다.

제삼자를 관여시킨 건, 결과적으로 정답일지도 모르겠는걸.

"그럴 리가 없잖아. 바닥에 놓인 책에 발이 걸린 히가시라가 넘어지려고 해서, 반사적으로 부축해주려고 했는데……."

『결국 버티지 못하고 같이 쓰러진 순간을 유메가 본 거야? 진부하네…….』

"진부해서 더 문제인 거야."

『실은 나도 대충 둘러대는 거 아냐? 하고 생각했어.』

"그렇겠지."

내가 그녀라도 같은 생각을 할 것이다.

『히가시라 양한테 확인해볼래.』

"알았어. 스피커 모드로 변경할게."

나는 스마트폰을 스피커 모드로 바꾼 후, 침대에서 책을 읽고 있는 히가시라를 향해 내밀었다.

히가시라는 책에서 눈길을 떼더니…….

"아~. 미나미 양. 오래간만이에요~."

『오래간만~. 그것보다, 이리도가 너를 덮쳤다며?』

"네~? ……에헤헤. 부끄럽네요……."

『유죄 확정.』

"이봐, 히가시라. 장난치지 마."

어른의 계단을 오른 느낌 내지 말란 말이야.

히가시라는 몸을 배배 꼬는 것을 관두며 말을 이었다.

"미즈토 씨가 무서우니까 이실직고하자면, 저는 아직 순결해요. 여전히 제 몸에 손가락 하나 대지 않았어요."

『이리도는 진짜로 남자 맞아? 나 같았으면 이미 애가 둘은 생겼을 거야!』

"우헤헤~. 양육비 때문에 고생이겠네요."

"너희는 본론만 이야기하는 게 불가능한 거야?"

성욕에 휩쓸리지 않고 이성을 지키고 있을 뿐인데, 왜 이렇게 비판을 당해야만 하는 걸까.

"아무튼 오해라는 건 알았지? 미나미 양이 그 녀석한테 설명해줘."

『뭐~? 내가 왜~?』

"무슨 문제라도 있어?"

『이리도가 직접 설명해야 옳다고 생각하는데 말이지~.』

오독오독, 하는 소리가 스마트폰 너머에서 들려왔다. 과자를 먹고 있는 것 같았다.

『굳이 따지자면, 나로서는 이대로 오해가 이어지는 편이 좋거든. 이리도도 알잖아?』

"……그래."

히가시라는 자초지종을 몰라서 고개를 갸웃거렸지만, 예전에 미나미 양은 나와 결혼해서 유메의 올케가 되려고 할 만큼 그녀에게 집착했다. 히가시라, 그리고 카와나미와의 이런저런 일을 계기로 나와 결혼한다는 플랜은 포기한 것 같지만 유메에게는 여전히 집착하고 있는 것 같았다.

그러니, 미나미 양이 유메의 오해를 풀어줄 이유가—.

『하지만 말이야.』

오독! 하고 과자를 씹어 부수는 소리가 들렸다.

『엉엉 우는 유메를 더 내버려 둘 수는 없고, 그 애의 오해를 남한테 풀어달라고 하는 남자는 용서할 수 없어. 내 말, 이해하지?』

"……뭐?"

그 말을 들은 순간, 나는 바로 이해하지 못했다.

"울어? ……그 녀석이?"

『그래. 그것도 코를 훌쩍거릴 정도로 말이야. 기쁜 마음으로 전화를 받자마자 그런 목소리를 들은 내 심정—.』

미나미 양의 구질구질한 잔소리가 또 시작됐지만, 전혀 귀에 들어오지 않았다.

울어?

내가 히가시라를 덮치는 장면을 보고?

그건, 마치…… 충격을 받은 것 같잖아.

남을 무시해놓고. 그렇게 독설을 퍼부어놓고.

이제 와서…… 뭘 하자는 거야.

"……하아아아……."

나는 인생 최대급의 한숨을 내쉰 후, 무거운 엉덩이를 들었다.

미나미 양이 여전히 불평을 늘어놓고 있는 스마트폰을, 히가시라에게 건네줬다.

"히가시라. 미안하지만, 한동안 미나미 양과 수다 떨며 기다리고 있어."

"갈 건가요?"

"그래."

나는 문 쪽으로 향했다.

"한 마디 해줘야 직성이 풀릴 것 같거든."

◆ 이리도 유메 ◆

"……으응."

아…… 졸았구나…….

아카츠키 양에게 푸념을 털어놓은 후, 갑자기 피곤해져서…… 그대로…….

하지만, 잠시 눈을 붙인 덕분에 마음이 개운해진 것 같았다. 아니면 아카츠키 양에게 푸념을 한 덕분일까? 다음에 답례를 해야겠다.

……얼마나 잤을까. 히가시라 양은…… 아직, 방에 있을까……?

—똑똑.

"히익?!"

갑자기 노크 소리가 들려오자, 나는 흠칫했다.

이 노크…… 귀에 익어. 오늘 들어 두 번째 듣는 거야!

"들어갈게."

"아…… 안 돼, 안 돼, 안 돼! 진짜로 기다려줘!"

나는 막 깬 탓에 무거운 몸을 억지로 움직여서 문을 막아서, 미즈토의 침입을 저지했다.

대답하기도 전에 들어오려고 하지 마, 이 바보야!

"무, 무슨 일이야……?"

"들어가서 이야기하겠어."

"지, 지금은 안 돼!"

"왜 안 되는데?"

운 바람에 얼굴이 엉망이고, 잠든 바람에 머리카락도 엉망이거든?! 남한테 보여줄 수 있는 상태가 아니란 말이야!

"자, 잠시만 기다려줘……. 진짜로 잠시면 돼!"

나는 화장대로 뛰어가서 흐트러진 머리카락을 고치고, 우느라 부은 눈가도 어찌어찌 감췄다. 조, 좋아. 이제 됐어. 코 앞에서 보지만 않으면 들키지 않을 거야…….

"이제 됐어?"

"으, 응. 괜찮아."

철컥, 하며 문손잡이가 돌아가자 어라? 하고 생각했다.

아니, 전혀 괜찮지 않아.

몸가짐은 준비가 됐지만, 마음의 준비는 전혀 되지 않았다.

히가시라 양과 그런 짓을 한 직후의 미즈토를, 어떤 표정으로 맞이하면 되는데?!

하지만 이미 엎질러진 물이다. 한번 뱉은 말은 주워 담을 수 없다.

무정하게도 문이 열리더니, 미즈토가 태연한 표정으로 방 안에 들어왔다.

……되게 태연하네. 방금까지 히가시라 양의 가슴을 탐닉했으면서……!

침대 가장자리에 걸터앉아서 노려보자, 미즈토는 「하아」 하고 한숨을 내쉬었다.

"대체 나는 오늘 이 방에 몇 번이나 오는 거야. 가능하면 딱 한 번으로 끝내고 싶었는데 말이지."

"……뭐야. 네가 멋대로 들어온 거잖아……."

"네가 들어올 수밖에 없게 만들었다고."

"뭐?"

내가 잘못한 거야? 무슨 볼일로 온 건지는 모르겠지만, 네가 옆방에서 그런 짓을 하니까……!

……아, 그건 딱히 나쁜 짓은 아닌가. 좋아하는 사람과 그런 짓을 하는 건 이상할 게 아니잖아. 가족으로서 옆방에서 살고 있으니, 그런 상황이 벌어지는 것도 무리는 아냐…….

"심각한 표정 짓고 있는데 이런 소리 해서 미안하지만, 아마 네가 생각하는 건 전부 기우일 거야."

"뭐?"

미즈토는 카펫 한가운데에 책상다리를 하고 앉더니, 태연한 표정으로 말했다.

"오해야. 나는 히가시라 양과 음란한 짓을 하지 않았어."

"……뭐?"

울컥했다.

변명을 하려는 거야? 그럴 필요 없잖아? 히가시라 양과의 관계를 부정하는 건, 그녀에게 실례되는 짓 아냐?

"뭐가 오해라는 건데? 히가시라 양을 덮치는 걸 똑똑히 봤단 말이야!"

"그건 말이지—. 균형을 잃고 쓰러졌을 뿐이야."

"뭐어엇?!"

부정하려고 늘어놓은 거짓말까지, 아까 내가 한 말의 표절이잖아!

"그런 변명을 누가 믿느냐 말이야! 좀 그럴듯한 거짓말을 하는 게 어때?!"

"흐음. 『균형을 잃고 쓰러졌을 뿐』이라는 건 그럴듯하지 않다는 거구나."

"으윽……!"

부메랑이 되돌아왔다.

하, 하지만…… 내가 한 말은, 거짓말이었으니까…….

"진짜로 균형을 잃고 쓰러졌던 거야. 히가시라가 바닥에 놓인 책에 걸렸거든. 반사적으로 부축해주려고 했는데, 내 힘이 부족했어. 그리고 일부러 바닥에서 덮칠 이유가 없잖아. 그럼 침대가 왜 있는 거냐고."

"으, 으으윽……!!"

정론이 내 가슴에 그대로 꽂혔다.

화, 확실히…… 바로 옆에 침대가 있는데, 일부러 바닥에서 할 필요는…….

그럼…… 진짜로, 내 착각……?

"너는 추리소설을 좋아하는 것 치고는 관찰력이 스마트폰 안면 인식보다 못하네."

"윽……!"

"그래서는 왓슨도 못 돼. 전 시리즈가 서술 트릭으로 점철될걸?"

"으윽……!"

"등장한 순간에 서술 트릭 확정이라니, 어이없는 핸디캡이네. 책 띠지에 『라스트 한 줄로 세상이 변한다』고 적혀 있는 것과 마찬가지로 어처구니없어. 마치 관 시리즈[#1]가 옷을 입고 걸어 다니는 것 같은 녀석이네. 너를 문장으로 풀어쓸 수 있는 건 아야츠지 유키토 뿐일걸?"

그렇게 말하니 왠지 멋지게 들리잖아!

"뭐…… 뭐야……. 말은 그러지만, 진짜로 흑심이 없었던 거야?!"

"뭐?"

"균형을 잃고 쓰러진 건 사실이라고 쳐! 하지만 저렇게 귀엽고! 가슴도 크고! 너를…… 좋아해 주는 여자애를, 덮쳐놓고! 진짜로 아무 생각도 안 들었던 거야?!"

나, 무슨 권리가 있어서 이런 소리를 하는 걸까.

미즈토가 흑심을 품었더라도, 나에게는 그것을 규탄할 권리 같은 건 없다.

머리로는 알지만, 입이 멋대로 움직였다.

"러키~라거나, 이대로 확~ 같은 생각을 했을 거잖아?! 은근슬쩍 만져볼까 같은 생각을 전혀 안 한 거야?! 그런 변명으로 얼버무리려고 해봤자—."

"안 했어."

#1 관 시리즈 일본의 소설가 아야츠지 유키토가 쓴 추리소설 시리즈.

미즈토는 한 치의 흔들림도 없는 목소리로 말했다.

"아무 생각도 안 했어. 정확히는, 히가시라가 머리를 찧지 않았나 걱정했을 뿐이야."

"……폼 잡지 마……."

"사실이야."

"그럼 증명해봐."

나는 무리한 요구를 했다.

귀찮기 그지없는 여자애가 되고 말았다.

"여자애 위에 올라타더라도 아무 생각이 안 든다는 걸 증명해보란 말이야. 그럼 믿어줄—."

"알았어."

미즈토는 몸을 일으키더니, 침대에 걸터앉은 나에게 다가왔다.

어?

"증명하면 되지?"

"잠깐—."

저항할 틈이 없었다.

팔을 잡혔다고 생각한 순간, 나는 부드러운 침대 위에 그대로 밀쳐 쓰러졌다.

"……."

"……."

하얗게 빛나는 LED 전등 옆에, 미즈토의 얼굴이 있었다.

미즈토의 가는 손이 내 팔을 누르고 있었고, 미즈토의 무릎이 내 두 발을 억누르고 있었다.

그의 따뜻한 숨결이 내 입술에 희미하게 닿았다.

그것에 녹은 것처럼, 얼어붙어 있던 내 목에서 목소리가 흘러나왔다.

"……아무 생각도 안 들어?"

"……그래."

"정말?"

"정말이야."

"거짓말."

"거짓말 아냐."

아냐. 거짓말이야. 거짓말이 틀림없이.

왜냐하면, 내 머릿속은 펑크 직전인걸. 이틀 전 밤의 감촉이 되살아나면서, 더 생각하고 싶다며 모든 뇌세포가 울부짖고 있어.

"……팔, 피곤하지 않아?"

나는 미즈토의 눈을 지그시 응시하며 말했다.

"균형— 무너질 것, 같지 않아?"

어디까지나 미즈토가 아무렇지도 않다면, 그것은 사고다.

그저, 불가항력이다.

누군가에게 사과할 필요도, 누군가를 배려할 필요도, 전혀, 없다—.

"……너……."

미즈토의 중얼거림에, 나는 답하지 않았다.

그 대신, 침대를 짚은 미즈토의 팔에, 손을 댔다.

살짝 힘을 줘서, 팔꿈치를 구부리게 하면— 그것만으로도, 균형을 잃을 것이다.

지금의 균형도, 나쁘지는 않다.

하지만, 나는, 그래도—.

"—미즈토 씨~? 유메 양~? 고함이 들리던데~."

철컥.

히가시라 양이, 노크도 하지 않고 문을 열었다.

"……."

"……."

"……."

나도, 미즈토도, 히가시라 양도, 완전히 굳어버렸다.

얼음장 같은 공기가, 우리를 지배했다.

그리고— 십여 초가 지났을 즈음.

히가시라 양이, 슬며시, 문을 닫기 시작했다.

"……하, 하던 거 계속하세요~."

""균형을 잃었을 뿐이야!!""

문이 완전히 닫히기 직전, 우리는 마음속 깊은 곳에서 솟

구친 목소리로 그렇게 외쳤다.

“이야~, 진짜로 당황했어요.”

일단 미즈토만 방으로 돌려보낸 후(한방에 더 있었다간 냉정함을 유지 못 할 것 같아서), 나는 히가시라 양의 오해를 필사적으로 풀었다.

……오해? 뭐, 오해……라고 해도 될 거야. 응.

히가시라 양은 내 주장을 의외로 순순히 믿어줬지만…….

“문을 연 순간, 전부 납득했어요. 아~, 그렇게 된 거구나~, 그래서 나는 차인 거구나~ 하고요.”

“으, 응……. 그랬구나…….”

나는 시선을 피했다.

“그와 동시에 그런 사이면서 내 고백에 협력해준 거구나~, 말도 안 돼~, 하고도 생각했지만요.”

“그, 그래~. 말도 안 돼~.”

나는 한사코 시선을 피했다.

“하지만 유메 양이라면 괜찮나~ 하고 생각하긴 했어요.”

“뭐?”

“오해였던 거네요! 깜짝 놀랐다니까요~.”

아니, 잠깐만 있어 봐. 자기만 납득하지 마. 그냥 흘려넘길 발언이 아니었거든?

"나, 나라면 괜찮은 거야? 히가시라 양, 미즈토를 좋아하는 거 아니었어?"

"어? 전에 말 안 했어요? 미즈토 씨한테 다른 여자가 생겨도 신경 쓰지 않는다고요."

"들은 적이 있는 것 같기는 한데……."

"아무리 그래도 상대가 누구인지는 중요하거든요. 남자를 후리고 다니는 게 취미인 발정난 암캐라면 싫을 거예요."

"……그래."

"그런 점에서 볼 때, 유메 양이라면 괜찮겠다 싶어요. 의붓남매끼리 사귀니 성가신 점도 많겠지만, 솔직히 말해 그런 건 저와 상관없고요."

헤헷~ 하고 히가시라 양은 웃었다. 뻔뻔해 보일 정도로 무책임했다.

"그래도…… 내가 네 고백에 협력해줬던 것도 신경 쓰이지 않는 거야……?"

"그건 해석에 따라 달라지지 않을까요. 아무리 의붓이라고 해도 남매끼리 사귀는 것에 거부감을 느낀 유메 양이 미즈토 씨에게 다른 여친을 만들어주려고 한 것일지도 모르고요."

이해력이 너무 좋았다. 나한테도 좀 나눠줬으면 좋겠다 싶을 정도였다.

"그래도, 전부 오해인 거죠?"

"으, 응. 맞아. 나와 미즈토는 사귀지 않아."

"그런가요~. 뭐, 그렇겠죠. 의붓남매가 연애하는 일은 흔치 않을 테니까요."

그래. 그런 일이 일어날 리 없어. 맞아. 말도 안 되는 일, 이지만…….

……그래.

히가시라 양은…… 우리가 사귀어도, 아무렇지 않은 거구나.

용서해, 주는 거구나.

"히가시라 양……."

"왜요? 유메 양."

나는 히가시라 양의 몸을, 정면에서 꼭 끌어안았다.

"나…… 히가시라 양이, 행복해졌으면 해."

"이미 매우 행복한데요?"

에헤헤, 하고 웃음을 흘린 후…….

"라이트노벨이라면, 이미 해피 엔딩으로 완결 났을 거예요."

그래.

그럼 나도, 빨리 너처럼 되고 싶어.

어떻게 하면 그렇게 될 수 있을까.

이 마음을 미즈토에게 전하고…… 받아들여져서…… 연인 사이로, **되돌아간다**.

그걸로, 정말 괜찮은 거야?

그렇게 하면, 과거의 나를 뛰어넘을 수 있는 거야?

◆ 이리도 미즈토 ◆

유메의 방에서 돌아온 히가시라는 므흐흐~ 하고 만족한 듯 콧김을 뿜었다.

"유메 양과 꽁냥거리고 왔어요!"

"……그래. 좋았겠네."

"네!"

이 녀석은 항상 즐거워 보여서 좋겠네.

진심으로 그런 생각이 들었다. —나도 히가시라처럼 마음의 정리를 잘 할 수 있다면, 얼마나 좋을까.

하지만, 한편으로 이런 생각이 들었다. 대체 유메 녀석은 무슨 속셈인 걸까.

균형을…… 무너뜨렸으면 좋았을까?

모처럼 이뤄진 이 균형을, 무너뜨려도 괜찮을까?

……나쁘지는, 않을지도 모른다. 법률적으로는 아무런 문제도 없다. 히가시라와의 관계에 문제가 생기지도 않을 것이다.

그렇다면, 이제 아무것도 신경 쓸 필요가 없지 않을까.

나 개인의 감정, 말고는 말이다.

히가시라의 귀 아래편으로 부드럽게 흘러내린 머리카락을 흐트러지지 않을 정도로 살며시 만졌다.

히가시라는 주인의 손길을 느끼는 강아지처럼 눈을 가늘게 뜨더니…….

"왜 그래요~?"
"테라피 받는 중이야."
"아, 얼마든지 받으세요~."
손가락 사이로 머리카락의 감촉을, 손바닥으로 볼의 온기를 느끼면서, 나는 이 절친에 대해 생각했다.
"히가시라."
"네~?"
"언젠가, 너와 중요한 상담을 하게 될지도 몰라."
히가시라는 눈을 껌뻑이더니…….
"책임이 막중할 것 같네요~. 최선을 다할게요."
평소와 마찬가지로 느긋한 어조로, 그렇게 대답했다.

"아…… 벌써 시간이 이렇게 됐네요. 슬슬 돌아가 봐야……."
"응. 그럼 이 앞까지 바래다줄게."
"네~? 괜찮은데요."
"때로는 괜찮지 않겠어? 오래간만이기도 하잖아."
"그럼, 뭐……. 에헤헤~."
기뻐 보이네. 입으로는 사양했으면서 말이야.
나는 히가시라와 함께 계단을 내려갔다.
거실 앞을 지나기 직전, 어라? 하고 마음속에 뭔가가 걸렸다.

뭔가 깜빡한 것 같은데……?

고개를 갸웃거리면서, 문이 활짝 열려 있는 거실 앞을 지나칠 때—.

"아, 히가시라 양. 벌써 돌아가는 거니~?"

유니 씨가 웃으면서 쪼르르 뛰어왔다.

그 뒤편에서는 아버지도 이쪽을 힐끔 쳐다보고 있었다.

유니 씨는 히가시라에게 쑥 다가가더니…….

"괜찮아? 돌아갈 수 있겠어? 어디 안 좋으면 저녁 먹고 가도 돼. 아니면 자고 가도—."

"괘, 괜찮아요! 돌아갈 수 있어요……!"

"그래? 그럼 괜찮지만……."

어라? 이 배려는 뭐지?

내가 의아해하고 있을 때, 그런 나를 힐끔 쳐다본 유니 씨가 슬며시 다가와서 귓속말을 했다.

"(미즈토 군, 미즈토 군. 앞으로는 히가시라 양이 오기로 한 날은 미리 알려주렴!)"

"어?"

"(우리가 집을 비워줄게! 유메도 데리고 나갈게! 알았지?)"

왜 집을— 아.

그 순간, 온몸에서 진땀이 삐질삐질 배어 나왔다.

깜빡했다.

히가시라를 덮치는 듯한 장면을 본 사람은, 유메만이 아니었다.

유니 씨는 히가시라의 손을 꼭 움켜잡더니, 진심에서 우러난 미소를 지어 보였다.

"축하해! 앞으로도 미즈토 군을 잘 부탁해!"

"아, 네. 감사해요……?"

문제가 있었어. 개인적인 감정 말고도 말이야.

오늘부로 유니 씨와 아버지의 히가시라에 대한 인식은 『내 전 여친』에서 『내 현 여친』으로 클래스 체인지했다.

그리고 이 몇 시간 사이에 그런 인식이 친족 일동에게도 파급됐다는 사실이, 유메에게 온 마도카 씨의 메시지를 통해 판명되고 말았다.

전 여친은 간병한다
"……옮기면 낫는다는 게, 사실일까?"

◆ 이리도 유메 ◆

지난 권 줄거리.

사고쳤다.

"—저기. 여기 뒀던 컵, 어디 갔어?"

"응? 싱크대에 가져다 뒀어."

"뭐? 더 쓸 생각이었는데……."

"그걸 내가 어떻게 알아. 아무 데나 둔 사람 잘못 아냐?"

"하아……."

"……흥."

봤지? 이게 며칠 전에 키스를 한 남녀의 대화야.

요즘 들어 서로에게 익숙해지면서 분위기가 원만해졌는데, 어느새 험악한 분위기로 되돌아가고 말았다.

어쩌다 이렇게 됐을까.

아니, 안다. 알고 있지만, 그래도 좀 기다려줄래? 나는 그저, 부끄러운 나머지 입을 잘못 놀렸을 뿐이야! 키스를 한 이유를 솔직하게 말하는 게 부끄러워서, 익숙한 말투로 둘

러댔을 뿐이거든?! 그런데……!

그 후, 히가시라 양과의 이런저런 일이 벌어지면서 흐지부지됐네~ 하고 생각했는데, 이런 상황이 벌어지고 말았다. 미즈토의 태도는 여름 방학 전보다 더 나빴고, 나도 가시 돋친 말을 내뱉고 말았다.

으으……! 아냐, 아니란 말이야……! 내가 하고 싶은 것과는 정반대란 말이야……!

실은 좀 더 소악마 느낌으로 대해서 미즈토가 얼굴을 붉히게 만들거나, 허둥대게 만들고 싶은데~!

어떻게 해야 예전 분위기로 되돌아갈 수 있을까……. 그게 내 진심이 아니었다고 설명할까? 이제 와서? 무리야! 그런 식으로 숙이고 들어가는 건 소악마다운 짓이 아닌걸!

나는 거실 소파에 앉아서, 부엌에 있는 정수 포트의 물을 컵에 담고 있는 미즈토를 쳐다보았다.

일단, 가시 돋친 반응을 보이지 않기로 했다. 척수 반사적으로 모난 소리를 하니 상황이 꼬이는 것이다. 그래, 나는 학습하는 여자야. 특기는 계획, 실행, 확인, 조정을 반복 실행하는 것—.

텅! 하고 큰 소리가 들리자, 나는 흠칫 놀라며 돌아보았다.

미즈토가 인상을 찡그린 채 바닥을 내려다보고 있었다.

소파에서 일어나 다가가 보니, 뚜껑이 닫힌 정수 포트가 부엌 바닥을 굴러다니며 주위를 물 범벅으로 만들고 있었다.

"괘, 괜찮아?"

정수 포트는 플라스틱이라 깨지지 않았다. 아마 다치지는 않았겠지만…….

미즈토는 걸레를 손에 쥐며 몸을 웅크렸다. 내가 도우려고 다가가자…….

"오지 마."

미즈토가 굳은 목소리로 딱 잘라 말했다.

"다가오지 마. 혼자 할 수 있어."

나는 그 자리에 멀뚱멀뚱 선 채, 이러지도 저러지도 못했다.

……그렇게……?

그렇게, 내가, 싫은 거야?

확실히, 확실히, 우리는 한 번 헤어지긴 했어. 하지만, 하지만, 한번은 서로를 진심으로 좋아했잖아.

지금의 내가, 그렇게 싫은 거야?

옛날의 나와, 그렇게 다른 거야……?

미즈토는 물에 젖은 바닥을 닦은 후, 정수 포트에 물을 다시 담아서 냉장고에 넣었다.

그리고 한마디도 하지 않으며, 내 옆을 지나쳤—.

어?

나는 뒤를 돌아보며, 거실을 나서는 미즈토의 등을 응시했다.

방금…… 왠지, 안색이 나쁘지 않았어?

◆ 이리도 미즈토 ◆

머리가 제대로 돌아가지 않는다.

몸 곳곳이 아프다.

목 안쪽이 말라 들어가는 느낌이 들었고, 숨을 쉬는 것도 힘들었다.

종합적으로 판단해볼 때— 나는, 감기에 걸렸다.

"……하아……."

겨우겨우 방으로 돌아온 후, 침대에 몸을 던졌다.

오래간만이네……. 얼마 만에 감기에 걸린 거지?

시골에서 옮은 걸까……. 역시 축제에 가지 말 걸 그랬어…….

……그 녀석한테, 옮기진 않았겠지……?

머릿속에 떠오른 입술 감촉을 지우려는 듯, 나는 침대에 몸을 묻었다.

아무튼, 잠을 자자. 그러면 나을 것이다.

어릴 적부터, 감기에 걸렸을 때는 항상 그래왔으니까—.

……차가워…….

이마에서 느껴지는, 서늘한 감촉에 잠에서 깨어났다.

의식이 흐릿한 상태에서 몸을 체크했다. 목은 아직 아팠다. 나른함도 사라지지 않았다. 아무래도, 몇 번 더 자야 할 것 같았다.

한시라도 빨리 낫기 위해 다시 수마에 몸을 맡기려던 순간, 나는 어떤 의문에 사로잡혔다.

이마에 놓인, 이 차가운 건 뭐지?

열냉각 시트 같기도 하지만, 나는 이런 걸 붙인 기억이—.

천천히 눈을 떴다.

"아."

흐릿한 시야에, 낯익은 얼굴이 들어왔다.

그 녀석은 내가 눈을 떴다는 것을 눈치채자, 검은 머리카락을 귀 뒤편으로 쓸어 넘기면서 내 얼굴을 들여다봤다.

"괜찮아?"

마치 평범한 가족처럼 말을 건네는 그 녀석을 본 나는 아직 꿈속에 있는 건 아닌가 하고 생각했다.

그럴 만도, 하잖아.

뭐가 마음에 안 드는 건지 쭉 언짢아하며, 다가오려고도 하지 않았으면서…… 마치, 나를 걱정하기라도 하는 것처럼…….

"뭐라도 마실래? 스포츠 드링크를 가져왔어."

"……줘……."

"아, 일어날 수 있겠어?"

내가 비척거리며 몸을 일으키는 사이, 유메는 빨대가 꽂힌 컵에 스포츠 드링크를 부어서 내 입가로 내밀었다.

"……혼자 마실 수 있어……."

"쏟아서 옷이 젖기라도 하면 역효과잖아. 빨리 마시기나 해."

나는 유메가 들고 있는 컵의 빨대를 입에 물었다. 달콤하고 차가운 음료가 목 깊은 곳에 스며들었다.

"정말…… 몸이 안 좋으면 말을 하란 말이야."

유메는 어처구니없다는 투로 말했다.

"심한 감기에 걸린 거면 어쩌려고 그래? 그것도 여름 방학에……."

"……시끄러워……."

"뭐야. 간병하는 것도 안 되는 거야?"

"……나는……."

고열 탓에 의식이 몽롱한 상태에서, 나는 입에서 나오는 대로 말하고 말았다.

"……그저…… 무서워서……."

"뭐?"

말을 끝까지 잇기도 전에 힘이 다한 나는 다시 침대에 머리를 맡겼다.

말을 했더니, 지치고 말았다…….

"잠든 거야? 열은? 쟀어?"

안 쟀어.

그 말조차 하지 못한 채, 나는 다시 잠에 빠져들었다.

◆ 이리도 유메 ◆

……잠들었어…….

곤히 잠든 미즈토의 얼굴을 본 나는 어쩔 수 없이 체온계를 꺼내 들었다.

그리고, 천천히, 미즈토의 옷 단추를 향해 손을 뻗었다.

어쩔 수 없잖아. 어쩔 수 없어……. 흑심 같은 건 없거든? 진짜로 없단 말이야……!

단추를 풀면서 새하얀 쇄골와 가슴이 눈에 들어오자, 얼굴로 피가 쏠리는 게 느껴졌다. 상대는 환자야! 진정해, 진정 좀 해……!

겨드랑이에 체온계를 꽂았다. ……전부터 털이 옅은 편이라고 생각했는데, 겨드랑이에도 털이 안 났어…….

삐삐삐삐—, 하고 측정 종료를 알리는 소리가 들려왔다.

퍼뜩 정신이 든 나는 체온계를 미즈토의 겨드랑이에서 뺐다. 아, 위험했어……. 일전의 키스에 담겼던 것은, 잠든 환자를 멋대로 관찰하자는 결의가 아니었다. 자중해야 해. 자중을…….

37도 9부.

체온계에 표시된 숫자는 미열이라고 얕볼 수준은 아니지만, 그렇다고 고열이라고 할 수준도 아니었다. 이 정도면, 하룻밤 푹 쉬면 나을 거야.

"……다행이야……."

이런 상황이 며칠 동안 이어진다면, 내 자제심을 유지할 자신이 없다. 솔직한 마음을 자각하는 것도 좋기만 한 건 아니구나…….

나는 강한 의지로 고개를 돌리며 미즈토의 옷을 입혀준 후, 한숨 돌리면서 그의 잠든 얼굴을 응시했다.

—……그저…… 무서워서…….

무서워서?

뭐가 무섭다는 걸까……. 나, 그렇게 말투가 날카로웠어? 의식이 몽롱한 상대에서 저런 소리를 할 정도로……? 으윽……!

……나도 일부러 그러는 건 아니거든?

우리의 관계는 그런 식으로 정착되고 말았다. 하루아침에 그런 관계를 바꿀 수는 없다. 얼굴을 마주하면 자연스레 비아냥거리는 소리를 내뱉고, 상대방이 반박하면 나 또한 반박했다. 그런 거리감이 현재의 우리에게 있어 전형적인 관계다.

알고 있다. 아무리 결심하더라도, 옛날로 돌아갈 수는 없다.

아니, 돌아가선 안 된다. 그래선, 결국 예전의 일이 되풀이될 뿐이다.

내가 아이러니하게도, 지금의 이 녀석에게 다시 반한 것처럼— 이 녀석도, 지금의 나에게 반해줬으면 한다.

큰 욕심일지도 모른다. ……하지만, 우리가 다시 연인 사이가 될 방법은 그것뿐이다.

우리는 남자와 여자이기 이전에, 의붓남매다.

시험 삼아 사귀어봤지만 안 되겠더라고요, 같은 식으로 끝낼 수 있는 관계가 아니다.

……하지만, 대체 어떻게 하면 좋을까.

아마, 솔직하게 이야기를 해봤자 그는 경계할 게 뻔했다. 나는 너무 많은 신뢰를 잃고 말았다.

내가 아무것도 안 하더라도, 나를 다시 좋아하게 된 이 녀석이 알아서 고백해주지 않으려나…….

……성장은 고사하고, 중학생 때보다 더 퇴화했네.

"……죽이라도 끓일까."

만들어본 적은 없지만 말이다. 레시피를 검색해서 따라 만들면 어떻게든 될 거다.

나는 몸을 일으킨 후, 일단 미즈토의 방을 나섰다.

◆ 이리도 미즈토 ◆

이게 꿈이라는 건, 바로 눈치챘다.

『뭐라도 마실래? 스포츠 드링크를 가져왔어.』

마치 엄마처럼 상냥하게 자신을 돌봐주는, 이리도 유메. 그런 그녀에게서는 조롱이나 빈정거림이 아니라, 대가를 바라지 않는 자애만이 느껴졌다.

현실에서 절대 일어날 리 없는, 소름 돋는 환각이다.

『체온 재자. 자, 팔 들어봐—.』

—이제 와서, 뭐 하자는 거야.

이래봤자, 어차피 마찬가지일 거잖아. 네가 아무리 나한테 상냥하게 대해줘도, 우리가 아무리 가까워지더라도, 결국 사소한 일로 엇갈리고 말 게 뻔해.

인간의 마음속 깊은 곳은 쉽게 바뀌지 않아. 나도, 너도, 변하지 않았을 거라고. 분명, 상대방을 인정하지 못하게 될 때가 찾아올 거야. 그때, 누가 먼저 굽힐 건데? 누가 먼저 용서해줄 건데? —우리 둘 다, 서로를 용서하지 않을 거야.

우리는, 히가시라처럼 마음을 잘 정리하지는 못 해.

감정을 질질 끌면서, 오기를 부리다, 고집쟁이가 된 끝에— 정신을 차리고 보면, 이러지도 저러지도 못하게 되고 말 거야.

그럴 바에야…… 평범한 의붓남매, 로 지내는 것도 괜찮지 않을까?

겨우, 옛날 일을 흘려보낼 수 있을 것 같은데.

질질 끌던 감정을, 겨우 놔줄 수 있을 것만 같은데.

……그런데 왜, 괜한 짓을 하는 거야.

지긋지긋해.

잘 풀리는 줄 알았는데 실은 그렇지 않았고, 기쁜 줄 알았는데 실은 우울했어.

오늘과 같은 내일은 오지 않아.

한순간도 평온할 때가 없었어.

……게다가, 마지막에는 물거품처럼 스러지며 전부 부질없는 일이 되는 거야.

사랑 따위, 마음의 흔들림에 지나지 않아.

사춘기 때 겪는, 안 좋은 꿈이야.

—그런 일을 또 겪는 건, 지긋지긋해.

"……으응……."

어렴풋이 눈을 뜨자, 째깍째깍하는 시계 소리만이 들렸다.

침대 옆에는 아무도 없다.

스포츠 드링크만이, 탁자에 놓여 있었다.

나는 천천히 몸을 일으켰다.

몸을 쭉 폈다. 몸에서 느껴지던 고통은 꽤 가라앉았다. 머릿속을 뒤흔드는 어질어질한 느낌도, 잠들기 전에 비하면 꽤 가벼워졌다. 땀을 좀 흘린 것을 보면, 대사 활동도 조금은 원활해진 것 같았다. 목은 아직 아프지만…… 아무래도, 바이러스는 괴멸 직전인 것 같았다.

나는 스포츠 드링크를 단숨에 들이켜서 감기의 잔재를 씻어낸 후, 침대에서 나왔다.

딱히 목적이 있는 건 아니다. 누워있는 것에 질렸을 뿐이다.

방을 나서고 계단을 내려가자, 거실 쪽에서 기척이 느껴졌다.

문을 열어봤다.

"으음, 소금 한 큰술…… 한 큰술이면 어느 정도지?!"

부엌에, 얼간이가 서 있었다.

실내복 위에 앞치마를 걸쳤고, 긴 머리카락이 방해되지 않도록 포니테일 스타일로 묶었다. 옷차림 하나는 완벽했다. 하지만, 계량스푼에 수북이 담긴 소금을 노려보며 미간을 찌푸린 모습은, 처음으로 요리 실습을 하는 초등학생을 연상케 했다.

"한 큰술…… 이 정도면, 괜찮겠지? 응, 괜찮을 거야."

"괜찮지 않아."

"어?"

수북이 담긴 소금을 냄비에 넣으려 하는 손을, 나는 직전에 움켜잡았다.

유메는 나를 돌아보더니, 눈을 깜빡였다.

"너…… 이제 괜찮은 거야?"

"한 큰술은 스푼에 수북이 담는 게 아니라 평평하게 담은 상태를 말해. 가정 수업에서 배웠잖아."

"어…… 아, 그랬어……?"

일단 유메의 손을 놔준 나는 싱크대에서 손을 씻은 후, 손가락으로 계량스푼에 담긴 소금을 걷어냈다. 그리고 부글부글 끓는 냄비에 소금을 넣었다.

냄비 안에서 끓고 있는 건 쌀이었다. 레인지 옆에 달걀이 놓여 있는 것을 보면, 달걀죽을 끓이려는 것 같았다.

"……내가 잠든 사이에 익숙하지 않은 짓 하지 마. 불이라도 나면 어쩌려고 그래."

"그…… 그렇게 서툴지는 않아! 나도 때때로 요리하는 걸 돕거든?! 밥 정도는 혼자서 지을 수 있어!"

"그래. 밥 짓는 법도 내가 가르쳐줄 때까지는 몰랐지."

"으윽……!"

유메는 고개를 돌리며 시선을 피하더니, 불만을 표시하듯 입술을 삐죽 내밀었다.

"……도전 자체를 평가해줘. 일단 너를 위해 만들려던 거란 말이야……."

나는 유메의 얼굴을 곁눈질했다.

"환자가 이렇게 신경 쓰게 만드는 게 네 간병 스타일이야?"

"으윽…… 으으……!"

유메는 어린애처럼 신음을 흘리더니, 내 얼굴을 노려봤다. 『이 심술남. 좀 더 끙끙 앓았으면 좋았을 텐데』라고 얼굴에 쓰여 있었다.

그래, 그러면 돼.

나는 유메한테서 시선을 돌린 후, 냉장고의 채소 칸을 열었다.

"쌀과 달걀만으로는 영양분이 부족할 거니까, 파 정도는 넣어."

대파를 꺼내 도마 위에 뒀다.

“앗……! 거기서부터는 내가……! 아직 안 나았잖아?”
“거의 다 나았어. 네가 만든 짜디짠 죽을 먹었다간 악화할 것 같지만 말이야.”
“그래도 아직 정상이 아닌—.”
“너는 달걀을 풀어. 설마 달걀도 깰 줄 모르는 건 아니지?”
“……알았어! 한 마디도 안 지는 걸 보니 이제 괜찮아진 것 같네! 달걀이나 깨면 될 거 아냐! 연습도 했거든?!”
유메는 생달걀을 싱크대 가장자리에 살짝 두드리더니, 살짝 금만 간 달걀을 보고 고개를 갸웃거린 후에 다시 두드리는— 짓을 반복하기 시작했다. 결국 힘을 너무 준 바람에 껍질이 조각나 버렸고, 허둥지둥 달걀 껍데기를 꺼내야 했다.
나는 그 모습을 곁눈질하면서 파를 썰었다. 이렇게 손재주 없는 녀석에게 부엌칼을 쥐게 했다간, 증상이 더 악화할 것만 같았다.
원을 그리듯이 달걀 물을 넣은 후, 잘게 썬 파를 적당히 뿌려서 죽을 완성했다.
냄비를 들려고 하자, 유메가 「아까 정수 포트를 떨어뜨렸잖아」 하고 말하며 냄비를 채갔다. ……확실히 완전히 나았다고 말할 만한 상태는 아니었다. 몸에 힘이 충분히 들어가지 않을지도 모르니, 위험을 고려해 유메의 말에 따르기로 했다.
내가 식탁에 냄비 받침을 두자, 유메가 냄비를 그 위에 내려놨다. 그리고 그릇을 두 개 가져오더니, 냄비를 사이에 두고 내 맞은편에 앉았다.

"너도 먹을 거야?"

"제대로 만들어졌는지 신경 쓰이거든."

밖은 아직 밝지만, 시계를 보니 오후 일곱 시였다. 저녁 식사 때다. 건강한 사람의 저녁 식사가 죽뿐이라면 좀 부족할 것 같지만— 이 여자, 나를 신경 쓰느라 자기 저녁을 준비하지 못한 것 같았다.

유메는 내 의견을 듣지도 않으며 그릇 두 개에 죽을 담았다. 그리고 「아, 젓가락 깜빡했네. ……숟가락이 낫겠어」 하고 중얼거리더니, 종종걸음으로 부엌에 가서 가져온 숟가락 두 개를 자신과 내 앞에 뒀다.

"잘 먹겠습니다."

그리고 그렇게 말한 후, 숟가락으로 노란 죽을 떴다.

"아뜨뜨."

어리석게도 식히지도 않고 입에 넣으려 한 바람에, 인상을 찡그리며 몸을 뒤편으로 젖혔다.

"식히고 먹어……."

"따, 따뜻할 때 먹어야 맛있을 거잖아."

그런 소리를 하면서도, 후~ 후~ 하고 숨을 불어서 죽을 식히기 시작했다.

아마 배가 고픈 것이리라— 짐작은 됐지만, 더는 그 점에 대해 생각하지 않았다. 배를 주린 상태에서 익숙하지 않은 요리를 하는 여자의 모습을 상상해봤자, 아무런 의미도 없다.

유메는 천천히 숟가락으로 입으로 가져가더니, 죽을 우물우물 씹으며 맛봤다.

"맛있어……."

나는 김이 나지 않을 정도로 죽을 식힌 후, 한입 먹었다. 달걀과 버무려진 쌀알을 몇 초 동안 씹은 후…….

"쌀이 흐물흐물하네. 밥을 지을 때, 물을 너무 많이 넣은 거 아냐?"

"윽. ……미, 미안해……."

"……뭐, 죽이니까 괜찮아."

한 입 더 입에 넣었다. 다행히도, 식욕은 평소보다 좋았다.

내가 숟가락질을 계속하자, 유메는 놀란 눈길로 쳐다보더니…… 곧 안심한 것처럼 미소지었다.

"같이 요리하고, 같이 밥 먹고……."

죽을 한 그릇 더 담은 유메가 문뜩 이렇게 중얼거렸다.

"……결혼한 부부가 이런 느낌일까?"

나는 그런 유메의 얼굴을 쳐다보며 말했다.

"지금도 별반 다르지 않을 거야."

"그래?"

"한집에 살고 있고, 성도 같은걸."

"그건 그래. ……어?"

유메는 갑자기 고개를 갸웃거렸다.

"방금……."

"왜 그래?"

"아니, ……으음."

유메는 볼을 살짝 붉히더니, 테이블을 쳐다보며 말을 이었다.

"방금…… 나와 네가 결혼하는 걸 전제로 이야기했네……."

"응? ……아."

평소보다 멍한 머릿속이 그제야 자기가 한 발언을 인식했다.

"……우리 둘뿐인데 그런 이야기를 해서 그래. 정 불만이면 네가 남친이라도—."

"싫어."

유메가 딱 잘라 거부하자, 나는 무심코 입을 다물었다.

테이블 너머에서, 유메가 텅 빈 그릇을 응시하고 있었다.

"그건…… 싫어."

"……그게, 무슨—."

"—어떤 의미일 것, 같아?"

유메는 나를 시험하는 듯한 눈길로 나를 올려다보았다.

그 시선에 꿰뚫린 것처럼 목이 막힌 나머지, 나는 바로 말을 하지 못했다.

유메는 후후 하고 놀리듯 웃었다.

"그래. ……이제 알겠어."

"뭐가 말이야……."

"별거 아냐. 중학생 때 엄청 멋진 남친이 있었던 바람에, 다른 남자가 다 별로인 것처럼 느껴지거든?"

"……뭐?"

"농담이야."

유메는 못된 장난에 성공한 어린애처럼 씨익 웃었다.

설마, 방금…… 놀림을 당한 건가?

공부 잘하는 것 말고는 잘난 구석이 없는, 고교 데뷔를 한 얼간이한테?

"다 먹었으면 한숨 더 자는 게 어때? 아직 머리가 잘 돌아가지 않지?"

"……그렇게 할게."

그렇다. 머리가 돌아가지 않는 것이다. 몸속의 바이러스만 다 쫓아내면, 이 여자의 농담에 놀아날 리가 없다.

……대체 뭘 어쩌자는 걸까.

평소처럼 퉁명하지도 않고, 옛날처럼 호의를 드러내고 있지도 않다.

마치— 다른 사람이 된 것만 같았다.

◆ 이리도 유메 ◆

"……하아……."

미즈토가 2층으로 올라가는 모습을 본 후, 나는 긴 한숨을 내쉬면서 의자 등받이에 몸을 맡겼다.

지금은 이 정도가, 한계일 것이다.

농담이라는 변명으로 감싸지 않으면, 본심을 입에 담을 수도 없다.

게다가…… 조금, 즐거웠다.

"……후후, 후……."

나의 의미심장한 말과 태도에 대해 미즈토가 지금도 생각하고 있을 것이다. 그런 생각이 드니, 입가가 계속 히죽거렸다.

이것이 여자. 다 큰 여성의 즐거움.

역시 나는 성장했다. 중학생 때의 나라면 이런 고도의 줄다리기는 절대 못 했을 테니까—.

"후후…… 후후후, 후후후후후후후—."

"유메~? 왜 혼자서 히죽거리는 거니~?"

"우아앗~?!"

어느새 돌아온 엄마가 그렇게 말하자, 나는 무심코 펄쩍 뛰었다.

◆ 이리도 미즈토 ◆

『……옮기면 낫는다는 게, 사실일까?』

또, 꿈이다.

바로 눈치챘다. 그 여자가, 똑똑한 척할 뿐인 얼간이가, 이렇게 요염한 미소를 지으며 다가올 리가 없으니까…… 나를 속일 작정으로 저러는 거라면, 너무 어설펐다.

다가오는 그녀의 미소와 입술을 떨쳐내려는 듯, 나는 잠에서 깨어나려 했다.

어둠이 눈앞을 뒤덮자, 나는 곧 그것이 눈꺼풀이란 사실을 눈치챘다.

하아, 나란 애는 참 단순하다. 아까 놀림을 당했다고, 바로 이런 꿈을 꾸다니 말이다. 그 녀석이 잠든 나를 덮칠 수 있을 리가 없잖아. 사귀던 시절에도 자기가 키스를 해달라고 한 적은 거의 없는데—.

마음속으로 실소를 흘리면서 천천히 눈을 떴다. 벌써 밤이 깊은 걸까.

낮에 잠을 잤으니, 더 자는 건 무리일 것 같았다. 어떻게 시간을 보낼까. 그러고 보니, 아직 안 읽은 책이 있었지—.

"……."

"……?!"

아직 꿈을 꾸고 있는 걸까, 하고 진심으로 의심했다.

어렴풋이 눈을 떠보니, 살며시 눈을 감은 유메의 얼굴이 코앞에 있었던 것이다.

나는 허둥지둥 숨을 삼켰다.

유메의 입술에서 흘러나온, 가늘고 여린 숨결이 내 입술에 닿았다.

오른쪽 귀 뒤편으로 흘러내린 머리카락을 쓸어 넘기는 자세로, 유메의 얼굴이 다가왔다. 고개를 돌린다면, 깼다는 사실을 들키고 말 것이다. 그래서 나는 가늘게 뜬 눈으로 쳐다보고 있을 수밖에 없었다.

시골에서의, 여름 축젯날 밤의 일이 뇌리에 떠올랐다.

맞다. 그게 있었다. 이 녀석이 나한테 키스를 했던, 몇 안 되는 예다.

……아니다. 그건, 균형을 잃었을 뿐이다.

그럼 이건 뭘까? 또 균형을 잃은 걸까? 우연히? 그럴 리가 없잖아, 이 바보야! 냉정해져! 그런 일이 몇 번이나 일어나면 어쩌자는 건데. 가벼운 마음으로 허락하고…… 상황에 계속 휩쓸리다 보면…… 우리는, 한집에서 살고 있잖아. 단둘이 있을 기회를 얼마든지 만들 수 있는 환경이라고! 그렇게 됐다간—.

"……장난이야."

—유메는 몸을 뒤로 뺐다.

압박감이 갑자기 사라지자, 마치 홀로 남겨진 느낌이 들었다.

내가 가늘게 뜬 눈으로 쳐다보니, 유메는 나를 내려다보고 있었다. 내가 허둥지둥 잠든 척을 하자, 유메는 자조 섞인 웃음을 흘렸다.

"옮겨서 낫는다면, 감염증 같은 건 하나도 무섭지 않을 거야."

얼버무리듯 그렇게 중얼거린 후— 유메는 이 방에서 나갔다.

그녀의 발소리가 들리지 않자, 나는 몸을 일으켰다.
이마에서 떨어진 열냉각 시트가 이불 위에 떨어졌다.
나는 한동안, 아무 말 없이 그것을 쳐다보았다.
"……."
—……장난이야.
장난은 무슨!!
대체 누구한테 친 장난인데! 보는 사람이 없었잖아! 피에로도 혼자 있을 때는 얌전히 입 다물고 있거든?!
"……큭……."
몸은 거의 회복됐다. 목이 말라 들어가는 아픔만 희미하게 느껴질 뿐이었다. 하지만, 이제 와서 새로운 증상이 추가됐다. 현기증이 나서 어질어질했다.
모르겠다.
정말 모르겠다.
나는…… 어쩌면 좋을까?
"—아, 미즈토 군. 깼구나."
방의 문이 열리더니, 유니 씨가 고개를 쑥 내밀었다.
유니 씨는 방 안에 들어오더니, 아까까지 유메가 앉아있던 의자에 앉았다.
"몸은 이제 괜찮니?"
"아, 네……. 거의 다 나았어요."
"젊다는 건 참 좋다니깐. 이럴 때야말로 엄마 행세 좀 하고 싶었는데, 기회를 날려버렸네."

유니 씨는 웃음을 흘렸다.

나는 시계를 쳐다봤다. 곧 날짜가 바뀔 시간이었다. 서너 시간 정도 잔 것 같은데…… 기회를 날렸다는 건, 귀가가 그만큼 늦었단 말일까?

"실은 말이지…… 아, 이건 유메한테는 비밀이야."

유니 씨는 검지를 세워서 입술에 댄 후, 기쁜 어조로 말했다.

"간병 교대해줄까, 하고 유메한테 말했거든? 그랬더니 『내가 하고 싶어』 하며 거절하지 뭐니."

……내 간병을? 혼자서?

"익숙하지 않은 짓 해서 피곤할 텐데 말이지. 어느새 책임감 있는 애로 자랐다니깐~."

유니 씨의 말에는 다른 의미가 담겨 있지 않았으며, 순수하게 자식의 성장을 기뻐하고 있는 것 같았다.

하지만, 나는 그렇게 순수하게 받아들일 수 없다.

단순히 책임감 때문에 그랬을 거란 생각이 들지 않았다.

……너는, 나를 좋아하는 거야? 싫어하는 거야?

남매인 동안에는, 어느 쪽이든 상관없다. 좋아하든, 싫어하든— 우리는 그저, 예전에 사귄 적이 있는 의붓남매에 지나지 않는다.

하지만 네가, 남매 이외의 무언가가 될 생각이라면—.

……마음속이 푸근하면서도 어딘가 떨떠름한 탓에, 편하

지 않았다.

기쁨과 지긋지긋함이 뒤섞여 있었다.

딱 하나, 지금 확실한 것은—.

"고맙다고, 전해주세요."

"뭐~? 직접 말하는 게 어떠니?"

"……부끄러워서요."

시선을 피하며 그렇게 말하자, 유니 씨는 눈을 껌뻑이더니…….

"어머, 기뻐라……! 미즈토 군한테 이런 귀여운 면이 있었구나!"

"……그만 하세요."

"좋아, 결심했어. 나, 절대 말 안 할래!"

"네?"

"진짜로 고마워하는 거라면, 직접 말하렴. 언제라도 괜찮으니, 꼭 그렇게 해."

"뭐……."

"후훗. 좀 엄마다웠니?"

유니 씨는 빙긋 웃더니…….

"이게 동거 생활의 비결이란다. 한 번 실패했던 경험에서 우러난 충고야!"

……태클 걸기 어려운 발언이다. 하지만…….

"알았어요."

자식으로서, 그리 말하며 고개를 끄덕일 수밖에 없었다.

◆ 이리도 유메 ◆

다음 날 아침.

평소보다 좀 늦게 일어났다. 밤늦게까지 미즈토의 곁을 지킨 탓이다. —몸도 꽤 좋아진 것 같으니 걱정할 필요가 없다는 건 알지만, 그래도 4월에 내가 감기에 걸렸을 때는 그가 돌봐줬으니까…… 다 나을 때까지 신경을 써줘야겠다고 생각했다. ……세다가, 뭐, 그 남자는, 잠들었을 때의 얼굴이 참 귀엽기도 하고 말이다.

엄마한테서 미즈토가 다 나았다는 말을 전해 들은 후에 간병을 마쳤고, 잠자리에 든 후— 지금에 이르렀다.

거실에서 점심을 어떻게 해결할지 생각하고 있을 때, 계단에서 소리가 들려온 후에 거실문이 열렸다. 잠옷 차림의 미즈토였다.

방금 일어난 건지 머리가 엉망이었다.

"아…… 좋은 아침이야."

"……."

미즈토는 나를 힐끔 쳐다보더니, 부엌으로 걸어가서 정수포트의 물을 컵에 따라서 단숨에 들이켰다. 그런 그의 낯빛은 평소와 별반 다르지 않았다.

나는 미즈토에게 다가가서…….

"열, 이제 완전히 내렸어?"

"……."

"배고프지 않아? 지금 점심을 준비하려던 참인데……."

"……."

미즈토는 대답을 하지 않으며 냉장고에서 냉동 볶음밥을 꺼내더니, 전자레인지를 열었다.

어, 뭐야? 왜 무시하는 건데? 다 나았으니 옮길 걱정은 없잖아?

"아, 저기—."

나는 미즈토의 어깨를 향해 손을 뻗었다.

미즈토는 몸을 옆으로 빼더니, 나와 한 걸음 거리를 벌렸다.

"어?"

미즈토는 허공을 향해 손을 뻗은 나를 힐끔 쳐다보더니…….

"……다가오지 마."

작은 목소리로 나직이 그렇게 말하더니, 전자레인지를 닫았다.

전자레인지가 작동하자, 미즈토는 그것을 지그시 쳐다보며 아무 말도 하지 않았다.

나는 얼이 나간 채 그런 그의 얼굴을 쳐다봤다.

"……뭐, 뭐야……."

어제 내가 그렇게 열심히 간병해줬는데……! 하나도 고맙지 않은 거야?!

"후훗."

식탁 앞에 앉아있던 엄마가 우리를 쳐다보며 히죽거렸다.

"……뭐야? 왜 그래?"

"글쎄? 언젠가 알게 되는 날이 오지 않을까?"

언젠가가 아니라, 지금 가르쳐줬으면 좋겠는데 말이야.

내가 아무리 그렇게 생각해도, 엄마와 미즈토는 아무 말도 하지 않았다.

히가시라 이사나는 망설이지 않는다
"……저기, ……방으로, 돌아갈까요?"

◆ 이리도 미즈토 ◆

자랑은 아니지만, 나는 동급생 여자애의 집에 가본 적이 있다.

그리고 자랑은 아니지만, 그 동급생 여자애는 당시에 내 여친이기도 했다.

그렇다. 진짜로 자랑이 아니다.

왜냐하면 나는 여친의 집에 가본 적이 있긴 해도, 여사친의 집에 가본 적은 없는 것이다.

『미즈토 씨. 내일, 저희 집에 안 올래요?』

어젯밤에 나한테 전화를 한 히가시라 이사나가 그런 말을 했다.

"왜 부르는 거야? 너희 집에 볼일 같은 건 없다고."

『매정하네요~. 제가 있잖아요.』

"너는 내가 안 가더라도 멋대로 우리 집에 쳐들어오잖아."

『바로 그 점 때문이에요.』

"그 점 때문이라니?"

『제가 매일같이 미즈토 씨 집에 놀러 가니까, 엄마가…….』

"뭐야. 드디어 혼난 거야?"

『아뇨— 자기가 이리도 씨네 가족에게 인사를 하고 싶다고 해서요.』

"아~."

오호라. 정신 상태가 올바른 부모라면 당연히 그런 제안을 할 것이다. 아마도…….

이제까지 들은 이야기로 추측해볼 때, 히가시라의 어머니는 꽤 독특한 사람인 것 같다. 그래도 그런 사회적 상식은 지닌 것 같았다.

『하지만, 엄마를 데리고 친구 집에 가는 건 좀 그렇잖아요.』

"그야 그렇지."

『그러니 일단 미즈토 씨만이라도 우리 집으로 부르자, 라는 식으로 이야기가 됐어요.』

"귀찮네……. 내가 왜 네 부모님한테 인사를 해야 하냐고."

『후후~. 결혼하는 것 같네요~.』

"갈 마음이 싹 사라졌어."

『부탁이에요~! 제가 엄마 손에 죽게 생겼다고요~!』

"전부터 생각했던 건데, 네 어머니는 전직 건달 출신 아냐?"

『아니에요~. 엄마는 건달이라서가 아니라, 원래부터 난폭한 사람이에요.』

"그 말 들으니 더 가기 싫어졌어……."

『괜찮아요! 미즈토 씨에게 보답과 사죄를 하고 싶다는 거니까요!』

"『보답』과 『사죄』 같은 말을 쓰는 것 자체가 영……."

나는 한숨을 내쉬었다.

그래도 상대방의 말은 지극히 옳으며, 나도 이 초대에 응할 마음이 없는 건 아니다. ……히가시라의 집에 흥미가 없는 것도 아니니 말이다. 내 책장을 마음껏 뒤져댄 히가시라에게 슬슬 복수를 해줘야겠다고 생각하던 참이기도 했다.

하지만…….

나는 옆방을 쳐다봤다.

히가시라의 집에 간다고 말하면, 저 여자가 어떤 표정을 지을까…….

『……내키지, 않나요?』

불안 섞인 목소리가 스마트폰 너머에서 들려왔다.

『내키지 않는 거라면, 안 와도 되는데요…….』

"아냐, 괜찮아. 갈게."

방금까지 그렇게 망설인 게 거짓말이었던 것처럼, 나는 바로 답했다.

히가시라는 환한 목소리로 말했다.

『정말인가요?』

"그래. 내 프라이버시만 침해당하는 건 딱 질색이거든."

『침해당하는 게 싫어요?』

"질색할 정도로 말이지. 내일은 너를 홀랑 벗겨버리겠어."

『네? ……아, 그럴 작정이라면, 그게, 준비는 남자 쪽에서 해주셨으면 하는데…….』

"한 마디 빠뜨렸네. 네 책장을 홀랑 벗겨버리겠어."

『농락당한 거군요! 엄마~!』

"바보, 멈춰! 이 핑크색 머릿속아!"

내일 얼굴을 마주할 건데, 『이 녀석, 오늘 우리 딸을 홀랑 벗기러 온 건가』 같은 오해를 받으면 어쩌려고 그래!

『부우……. 미즈토 씨, 조심하세요. 우리 집에는 그런 쪽으로 준비가 전혀 되어 있지 않거든요.』

"우리 집도 마찬가지거든? 그러니까, 평소와 마찬가지야."

『그렇군요.』

그럼 방을 깨끗하게 해놓고 기다릴게요, 하고 말한 히가시라가 통화를 끊었다.

그 후, 나는 별생각 없이 옆방을 힐끔 쳐다보았다.

……불평을 들을 이유는 없지?

지금의 나한테는 히가시라를 쓸쓸하게 만들면서까지 지켜야 할 의무 같은 건, 없으니까 말이야.

히가시라의 집은 대로에서 조금 벗어난 곳에 있는 가족용 맨션이었다.

집까지 배웅한 적이 있기에, 이 맨션 앞까지 온 적은 있다. 하지만, 항상 건물 앞에서 헤어졌기 때문에, 안에 들어가는 건 이번이 처음이다.

카와나미와 미나미의 집과 다르게 오토록이 아니라서 건물 안으로 바로 들어갈 수 있었으며, 엘리베이터를 타고 미리 들어뒀던 호실로 향했다.

히가시라라는 명패는 복도 끝에 있었다. 모퉁이 집이다.

인터폰 앞에 선 나는 스마트폰을 꺼내서 히가시라에게 전화를 걸었다.

"여보세요. 히가시라?"

『하암…… 네에…….』

"……너, 방금 깬 거야?"

『갠차나요……. 금방 열게요…….』

통화가 끊겼다. 아직 오후 한 시 정도일까. 여름 방학이니, 어쩔 수 없나. 옷 챙겨입고 나올 때까지 기다리자.

그렇게 생각하며 짐 속에서 책을 꺼내려고 할 때, 그 전에 철컹하며 문이 열렸다.

"어서 오세요……."

머리카락이 흐트러진 히가시라가 모습을 보였다.

그 모습을 본 나는 얼이 나갔다.

"그게 손님을 맞이하는 옷차림이냐."

히가시라는 헐렁한 티셔츠와 품이 낙낙한 쇼트 팬츠 차림이었다. 침대에서 이제 막 나온 듯한 옷차림이었다.

벨트도 하지 않았기 때문에, 커다란 가슴에 들린 티셔츠의 끝자락이 복부 앞에서 커튼처럼 흔들리고 있었다. 오래 입어서 그런지 옷깃 부분이 늘어나 있었으며, 새하얀 가슴이 어렴풋이 보이는 데다, 쇼트 팬츠 아래로는 허벅지가 무방비하게 드러나 있었다.

도저히 손님을— 그것도, 남자를 맞이하는 옷차림이 아니었다.

히가시라가 무방비한 것은 어제오늘 일이 아니지만, 이제까지는 집 밖에 나갈 수 있는 복장을 하고 있었다. 하지만, 이건 집 안에서의…….

"하암…… 그러고 보니, 잠옷 차림이었네요……."

히가시라는 옷깃을 슬며시 당기면서 자신의 모습을 내려다보았다. 옷깃 사이로 티셔츠 안이 보이려고 하자, 나는 고개를 돌렸다.

……어? 방금……?

"죄송해요……. 막 일어났거든요……. 하암……."

"기다려줄 테니까, 옷 갈아입어."

"아, 괜찮아요……. 나중에 갈아입으면 돼요……. 일단 들어오세요……."

히가시라는 눈을 비비면서 현관 안쪽으로 들어갔다.

정말 괜찮은 건가? 나는 고개를 갸웃거리면서도 히가시라

의 집 안으로 들어갔다.

"하암……."

히가시라는 하품을 하더니, 샌들을 대충 벗어놓으면서 안으로 들어갔다.

"……어라라."

역시 잠이 덜 깬 건지, 문틀에 발이 걸리면서—.

—출렁.

……어라?

방금…… 가슴이…… 출렁……?

"어라, 넘어질 뻔 했네. 헤헤~. ……아, 미즈토 씨. 슬리퍼 줄까요~?"

"아, 괜찮아……."

"그런가요~. 그럼 따라오세요~."

기분 탓일까? 평소에 저 출렁임을 유심히 관찰하지는 않았지만…….

히가시라는 현관에서 오른편으로 이어져 있는 복도를 터벅터벅 걸어갔다.

그리고 현관 바로 옆에 있는 문을 열었다.

"제 방은 여기에요."

"현관 바로 옆이네."

"그렇죠~? 밖에 나갈 때 편하다니까요. 헤헤~."

"부러운걸. 15년 넘게 2층에 산 사람으로서 말이야."

"저는 그런 2층 집을 동경하는데 말이죠."

"저 방은 뭐야?"

복도는 몇 미터 앞에서 왼쪽으로 휘어져 있었다. 그리고 그 모퉁이 너머에 문이 하나 더 있었다.

"저쪽은 아빠와 엄마의 침실이에요~. 모퉁이를 돌면 거실이 있고요."

"인사를 먼저 하는 편이 좋지 않을까?"

"엄마는 외출했으니까 나중에 해도 돼요~. 아빠는 오늘 집에 없고요."

오늘 없다는 것을 보면 있는 날이 더 많은 것 같았다. 카와나미네 집이나 미나미네 집과는 다른 것 같았다.

"자아, 사양 말고 들어오세요~."

히가시라는 옆으로 물러나더니, 나를 방 안으로 들였다.

히가시라의 방은 상상했던 것과 별반 다르지 않았다.

문고 서적으로 가득 찬 책장이 있고, 거기에 다 들어가지 못한 책이 책상과 침대, 바닥에 탑처럼 쌓여 있었다. 책 말고도 학교 프린트와 신었던 양말 같은 것이 흩어져 있어서 『아~, 히가시라의 방답네』 하는 느낌을 자아내고 있었다.

내가 대충 바닥에 앉자, 히가시라는 문을 닫았다.

"하암……. 침대에 앉아도 되는데요?"

"나는 너처럼 대담하지 않거든."

"어~? 제가 그렇게 이상한가요……."

고개를 갸웃거린 히가시라는 이불이 나뒹굴고 있는 침대에 『영차』 하며 무릎을 올려놨다.

그건 그렇고, 방을 깨끗하게 해둔다는 말은 대체 뭐였을까. 이 근처에 어지러이 놓인 프린트는 여름 방학 숙제 아닐까— 어?

별생각 없이 움직인 손에, 천 같은 것이 닿았다.

이게 뭐지? 장미처럼 빨갛고, 사발 같은 것이 두 개 달린—.

……, …………, ………………….

……브래지어 아냐?

바닥을 굴러다니는 그것은 브래지어가 틀림없었다. 전에 봤던 유메의 브래지어와는 달랐다. 뭐가 다르냐면, 사이즈가 달랐다. 본인의 발언에 따르면, 히가시라는 분명 G컵—.

하아, 정말! 손님을 맞이할 준비가 전혀 되어 있지 않잖아!

나는 옆에 있는 브래지어에서 다급히 눈을 돌렸다.

그러나 사건은 연이어 발생했다.

"으응~."

침대 위에 퍼질러 앉은 히가시라가.

방금 깨서 멍한 목소리로 신음을 흘리며.

양손으로 티셔츠 자락을 잡고 걷어 올렸다.

복부를 살펴보려는 게 아니었다.

옷자락을 쥔 자세, 그리고 저 거침없는 움직임으로 볼 때—

옷을 훌렁 벗으려는 게 틀림없다.

히가시라의 배꼽이 보이고, 갈비뼈가 보이더니, 그 위에 있는 물건에 티셔츠가 걸렸다.

티셔츠의 옷자락이, **그것**을 들어 올린 것이다.

중력에 걸린 **그것**의 하반신이, 티셔츠 밖으로 삐져나왔다.

그제야 나는 깨달았다. —아까 느꼈던, 위화감의 정체를 말이다.

속옷을…… 입지 않은 것이다.

새하얀, 반달 모양의 살점이, 그 어떤 천에도 보호받지 않으며, 걷어 올려진 티셔츠 자락 아래로 드러나 있었다.

나는 한순간, 얼이 나갔다.

애초에 여자애의 가슴 아랫부분을 실제로 보는 것 자체가 처음이었고— 설마 히가시라가 노브래지어일 거라고는, 꿈에도 생각 못 했다!

"으응……!"

히가시라는 G컵 가슴에 티셔츠가 걸린 탓에 한순간 고전했다.

그 한순간의 고전이, 명암을 갈랐다.

"이봐!"

치명적인 부분이 드러나기 직전, 나는 입을 열었다.

히가시라는 티셔츠를 벗으려던 손을 멈추더니, 영문을 모르겠다는 듯 나를 쳐다보았다.

가슴 아랫부분을 드러낸 채, 몇 초 동안 의아하다는 듯 나를 응시했다.

그리고…….

"……앗."

의문이 풀린 표정을 짓더니, 티셔츠 자락을 아래편으로 내렸다.

히가시라는 옷자락을 움켜쥐더니, 잠깐 침묵한 후…….

"……깜짝 놀랐네……."

"내가 할 소리라고!"

전심전력을 다해 태클을 날리자, 히가시라는 「우헤헤」 하고 멋쩍은 웃음을 흘렸다.

"완전히 정신이 나가 있었네요. 자기 방에 남자가 있다는 상황을 이해하지 못했어요……."

"덕분에 나는 진땀 꽤나 흘렸다고……."

"폐 끼쳐서 죄송해요~."

히가시라는 침대에 앉은 채로 고개를 꾸벅 숙였다.

……그 바람에 셔츠 자락이 흘러내리더니, 아무것도 걸치지 않은 새하얀 봉우리 두 개가 눈에 들어왔다. 바로 눈을 돌렸지만— 새하얗기만, 했지? 핑크색을 띤 건, 안 보였지……?

비, 빈틈이 너무 많아.

이 녀석은 원래 빈틈이 많았지만, 자기 방에서는 더 심했다. 나를 신뢰해서, 같은 차원은 아득히 뛰어넘었다. 자기 방에 타인이 있을 때 어떻게 행동해야 하느냐는 알고리즘이, 전혀 구축되지 않았다.

"아무리 그래도 너무 방심하는 거 아냐? 방도 엉망진창이고……."

"그게~, 잠들기 전에 할 생각이었는데 말이죠. ……아, 큰일 났다. 어제 입었던 걸 치우지 않았네."

"……어제 입었던 거란 녀석은, 지금 내 바로 옆에 굴러다니는 이거냐?"

"아하하…… 부끄럽네요……."

"동감이야!"

나는 브래지어의 끝자락을 움켜쥔 후, 히가시라를 향해 확 집어 던졌다.

히가시라는 안면에 명중한 그것을 자기 가슴에 댔다.

"어때요? 꽤 섹시한 브래지어죠~?"

"너, 내 말을 듣긴 한 거냐!"

"이래 봬도 꽤 부끄러워하고 있는 거예요. 그래서 농담으로 얼버무리는 거고요. 눈치 좀 채세요."

……그걸 내가 어떻게 알아. 얼굴이라도 좀 붉히면서 그런 걸 요구하라고.

히가시라는 브래지어를 이불 안에 집어넣어서 숨겼다.

"왜 속옷을 안 걸친 거야……."

"그야 방금까지 자고 있었거든요."

"원래 잘 때는 안 걸치는 거야……?"

"나이트 브래지어라는 걸 걸쳐요. 이런 거예요."

히가시라는 침대 위에서 굴러다니던 검은색 천을 펼쳐서 나에게 보여줬다. 그것은 끝자락이 짧은 캐미솔 같은 것이었으며, 세심함이 그다지 느껴지지 않았다.

"이걸 안 걸치면 가슴의 형태가 무너진대요."

"너도 그런 걸 신경 쓰는구나."

"아뇨. 이걸 안 하면 엄마가 저를 죽이려고 들어서……. 기왕 뷰티풀한 왕가슴으로 낳아줬는데~ 하면서요."

골로 갔다간 가슴의 크기나 아름다움 같은 건 아무 소용 없을 것 같은데 말이다.

"그럼 왜 그걸 안 걸친 건데?"

"잠에서 깨면 무의식적으로 벗거든요."

"그렇구나……."

뭐, 남자는 브래지어가 얼마나 갑갑한지 모르니까 무슨 말을 하면 좋을지 모르겠지만…….

히가시라는 나이트 브래지어라는 것을 던져버리더니, 자기 가슴을 내려다보며 「으음~」 하고 고개를 갸웃거렸다.

"브래지어…… 꼭 차야 할까요……?"

"당연하지."

"미즈토 씨는 노브래지어인 편이 기쁘다거나……."

"안 그래."

"정말인가요?"

히가시라가 두 손으로 자신의 배를 셔츠 위에서 누르자, 가슴 라인이 드러났다.

그리고, 상반신을 위아래로 흔들었다.

"출렁출렁~♪"

"그만해, 이 바보야!"

끼익, 끼익 하고 침대의 스프링이 삐걱거리면서, 히가시라의 가슴이 부드럽게 흔들렸다. 브래지어의 속박에서 벗어난 덕분인지, 그 흔들림에서는 묵직함과 부드러움마저 느껴지는 것만 같았다.

내가 어쩔 수 없이 눈을 돌리자, 그런 나를 본 히가시라가 머금은 심술궂은 미소가 언뜻 보였다.

"왜 그래요~? 저를 찬 미즈토 씨~? 자기가 찬 여자의 찌찌가 그렇게 신경 쓰이나요~?"

"기고만장하기 그지없네……! 나의 신사다움에 조금은 감사하라고!"

"에헤헤~. 부끄러워하는 미즈토 씨도 귀여워요~! 자아, 이리 오거라~!"

"네가 다가오고 있잖아!"

히가시라가 침대에서 내려와 다가오자, 나는 뒷걸음질을 치며 도망쳤다.

그 반응을 본 히가시라는 장난기가 동했는지, 양손으로

자신의 가슴을 들어 올렸다.

무게가 상당한지, 셔츠 너머로 손가락이 가슴에 파고들었다.

"부드럽거든요~? 미즈토 씨라면 만져도 되거든요~?"

이 자식, 기어오르기는……!

따끔한 맛을 보여줘야겠다고 생각한 나는 목소리를 약간 낮췄다.

"……정말이야?"

"네?"

"만져도, 되는 거지?"

"어……."

히가시라의 눈을 똑바로 바라봤다. 그러자 히가시라는 눈을 깜빡이는 횟수가 확연히 늘어났다.

"아니, 그게, 저기……."

"괜찮은 거지?"

내 쪽에서 히가시라에게 쑥 다가갔다. 그러자 그녀는 내가 다가간 만큼 물러났다.

"괘…… 괜찮다, 고나 할까…… 저로서는 바라는 바라고나 할까…… 하지만 마음의 준비라고나 할까…… 갑자기 그런 짓을 하려니 마음의 준비가 아직 멀었다고나 할까…… 바, 방금은 좀 재미있어서 장난을 좀— 앗?!"

허둥대며 필사적으로 변명을 늘어놓던 히가시라는 갑자기 큰 소리를 내더니, 몸을 감추듯 몸을 웅크렸다.

"왜 그래?"

"아…… 아니, 그게…… 말이죠. 뭐, 눈치 못 챘다면 괜찮…… 은데……."

우물쭈물하며 영문 모를 소리를 늘어놓나 싶던 히가시라가 그제야 고개를 들었다.

그 얼굴은 기분 탓인지 벌게진 것처럼 보였다.

"젖꼭지가…… 튀어나왔어요."

히가시라는 농담 투로 그렇게 말하며 실없이 웃었다.

나는 그대로 굳어버리고 말았다.

"……뭐?"

"에헤…… 에헤헤. 쬐끔~, 심하게 흥분한 걸까요~? ―아얏!"

나는 아무 말 없이, 히가시라의 머리를 때렸다.

넘어선 안 되는 선이라는 게 있다고, 이 여사친아.

히가시라가 옷을 갈아입을 수 있도록, 나는 일단 방 밖으로 나갔다.

하아…… 친한 사이일수록 예의를 지키라는 말을 저 녀석은 모르는 걸까. 상대가 아무리 연애 대상이 아니더라도, 최소한의 몸가짐 정도는 신경 쓰는 게 정상이잖아.

……그런 의미에서 보자면, 아까 내가 만지는 척한 것은 좀 과했을지도 모르지만― 물론 본심이 아니었다고 설명을

해뒀다.

벽에 등을 맡기며, 천장을 올려다보았다. 남의 집 복도에 멀뚱멀뚱 서 있으니, 마음이 안정되지를 않는걸. 가족도 곧 돌아온다고 했으니— 아, 이 상황에서는 가족이 없는 게 문제겠지.

"—다녀왔어~."

문이 열리는 소리와 함께 그런 목소리가 들려오자, 나는 내심 움찔했다.

옆에 있는 현관을 통해 누군가가 들어왔다. —아니, 돌아왔다.

그 사람이 누구일지는 이제 와서 생각해볼 필요도 없다.

"이사나~, 일어났냐~? —어?"

그 여성은 복도에 서 있는 나를 보더니, 눈을 치켜떴다.

키가 크고 슬렌더한 체형을 지닌, 남장이 잘 어울릴 것 같은 위풍당당한 인상의 여성이었다.

바지 차림이 참 늘씬하게 보였으며, 등도 꼿꼿했다. 팔과 다리도 가늘어서 이야기로 들었던 난폭함은 느껴지지 않았지만, 남자 같은 쇼트 헤어에서 그런 성격이 어렴풋이 묻어났다.

유니 씨도 젊어 보이지만, 이 사람은 더 젊어 보이는걸— 히가시라의 언니라고 해도 믿을 정도다. 하지만, 히가시라에게 형제자매가 있단 이야기는 들은 적이 없다.

"……안녕하세요."

여성— 히가시라의 어머니로 보이는 인물에게, 나는 일단 인사를 건넸다.

히가시라의 어머니(가칭)는 「어라?」 하며 미간을 살짝 찌푸리더니, 나를 향해 얼굴을 쑥 내밀었다. 나는 반사적으로 몸을 뒤편으로 젖혔다.

"너, 이 자식…… 혹시, 『미즈토 씨』냐?"

"아…… 네. 이리도 미즈토입니다."

초면인 사람에게 『이 자식』이라니…….

말로 형용 못 할 압박감에 짓눌리면서도, 미심쩍은 눈길을 보냈다. 이 사람, 키가 나와 비슷하네.

히가시라의 어머니(가칭)는 고개를 갸웃거렸다.

"으음, 이상한걸……. 이사나의 친구란 자식이 초면인 상대에게 자기 이름을 제대로 밝힐 만큼 예의가 바를 리가 없잖아."

완전 편견이잖아.

"이사나한테서 『미즈토 씨』는 퉁명하고 심술궂은 외톨이 자식이라고 들었거든. 너 같은 상냥 핸섬남일 리가 없다고."

"이봐, 히가시라! 너 대체 나를 어떤 놈이라고 떠들고 다닌 거야?!"

"히에에엑?!"

문 너머에서 허둥대는 소리가 들렸다.

그리고 몇 초 후에 문이 열리더니, 히가시라가 얼굴을 내밀었다. 여전히 잠옷인 티셔츠 차림이지만, 늘어난 옷깃 사이로 브래지어의 끈이 보이는 걸 보면 속옷을 입은 것 같았다. 다행이다. 아니, 다행이 아니다. 다 보인다고.

"갑자기 무슨 소리를— 아, 엄마."

"이사나."

히가시라의 어머니(가칭)는 눈을 가늘게 뜨며 딸을 내려다보더니…….

"『다녀오셨어요』는 어디 간 거냐?"

"다녀오셨어요, 어머니!"

히가시라는 갑자기 손을 들더니, 선서를 하듯 그렇게 말했다. 「좋아」 하고 히가시라의 어머니가 말하며 고개를 끄덕였다. 이게 다 뭐야. 군대?

히가시라의 어머니는 엄지로 나를 가리켰다.

"이사나. 물어볼 게 있는데, 이 녀석은 뭐냐?"

"네? 미즈토 씨인데요."

"이 녀석이? 진짜로?"

"진짜예요~. 얼굴이 엄청 귀엽다고 말했었잖아요."

누구에게나 존댓말을 쓴다고 듣기는 했지만, 부모한테도 그러는구나. 좀 신기하다는 느낌이 들었다.

"흐음~."

히가시라의 어머니는 값을 매기듯 나를 살펴보더니— 아, 귀찮네.

“저기, 뭐 하나 물어봐도 될까요?”
“뭔데?”
“이름을 알고 싶은데요.”
“내 이름 말이냐?”
“네. 이대로는 『아줌마』라고 부르게 될 것 같거든요.”
이 사람을 『아줌마』라고 부르는 건 좀 그럴 것 같아서 다른 뜻 없이 그렇게 말하자, 히가시라의 어머니는 유쾌하다는 듯 웃었다.
“흐음, 재미있는 남자네.”
왠지 순정만화에 나올 법한 말을 들었다.
“내 이름은 한 자로 읽으면 지호지. 어떤 한자인지 알겠어?”
“지호…… 그칠 지(凪)와 범 호(虎)인가요?”
“어떻게 읽을 것 같아?”
지호(凪虎)라고 쓰고— 그대로 일본식으로 읽으면 『나기토라』겠지만, 그건 여성의 이름 같지 않으니까…….
“……나토라, 일까요.”
“딩동댕.”
대답을 한 순간, 히가시라의 어머니— 나토라 씨는 히죽 웃으면서 내 어깨를 세게 두드렸다.
“이야~, 하하하!! 의심해서 미안해, 미즈토 군! 이미지와 너무 달라서 말이지!!”
“하아…… 괜찮아요.”

"머리 회전이 참 빠른걸! 내 이름을 한 번에 맞춘 사람은 네가 다섯 명째야!"

애매할 뿐만 아니라, 숫자가 꽤 된다. 확실히 좀 특이한 이름이기는 하지만, 만화나 애니 같은 데서 따온 이름에 비하면 그렇게 신기하지도 않다. 참고로 그칠 지 자일 거라고 유추한 건, 딸의 이름이 바다와 관련이 있어서다(『그칠 지』는 바다가 잔잔하다는 의미이며, 『이사나』는 고래란 의미의 일본어).

"그리고 어린애 주제에 남을 배려할 줄도 알잖아! 미즈토 군, 나는 네가 마음에 들었어! 이사나한테는 아까운 남자인걸!"

"과찬이에요."

일단 남의 어깨를 그만 좀 때렸으면 좋겠다.

"잘됐네요, 미즈토 씨. 엄마의 마음에 안 들었으면 두들겨 맞았을지도 모르거든요."

"뭐?"

"다른 집 애한테 그런 소리 말라고, 이사나. 본때를 좀 보여준 후에 엉덩이를 걷어차서 쫓아내기만 했을 거야."

그게 두들겨 맞는 것과 뭐가 다를까?

"……그것보다, 너는 꼴이 그게 뭐냐? 그게 손님을 맞이하는 옷차림이냐?"

"어~? 외출할 것도 아니니까 괜찮지 않아요?"

티셔츠에 쇼트 팬츠 차림인 이사나는 불만을 드러내듯 입술을 삐죽 내밀었다.

그래, 엄마로서 한 마디 해줘. 이 녀석한테 일반상식을 가르쳐주란 말이야.

"으음……."

나토라 씨는 팔짱을 끼며 딸의 옷차림을 살펴보더니…….

"……뭐, 오히려 괜찮으려나. 오늘은 그 차림으로 있어."

"와아~."

뭐? 뭐가 괜찮다는 거지? 옷깃이 다 늘어나서 어깨의 브래지어 끈이 다 보이는 옷차림의 어디가?

나토라 씨는 내 의문에 답하지 않더니, 복도를 성큼성큼 나아갔다.

"이사나. 너, 아무것도 안 먹었지? 좀 늦었지만 점심 먹자. 미즈토 군은 집에서 먹고 왔을 테니 간식이라도 먹어."

"아, 신경 쓰지 마세요."

"흥. 그럴 수야 없지. 딸이 처음으로 데려온 친구거든. 어떻게 신경을 안 쓰냐고."

나토라 씨가 와일드한 미소를 지었다. 내가 여자였으면 확 반해버렸을지도 모른다는 생각이 들 만큼 멋지지만, 이 사람은 무슨 말을 할 때도 대부분 명령형이네…….

히가시라 이사나와 함께 나토라 씨를 따라간 나는 복도 모퉁이 너머에 있는 방으로 이동했다.

그곳은 널찍한 거실이었다. 안쪽에는 넓은 베란다가 있으며, 세탁물이 무방비하게 널려 있었다.

"이사나, 오늘 네 점심은 닭고기 달걀덮밥이다. 얌전히 앉아서 기다려."

"옛썰~."

나토라 씨는 부엌으로 들어갔고, 히가시라는 거실 소파로 쪼르르 향했다. 그리고 히가시라가 소파에 털썩 앉은 후에 나를 쳐다보며 옆자리를 손으로 두드렸기에, 나도 그곳에 앉았다.

히가시라는 내 얼굴을 들여다보며 말했다.

"인사는 대성공이네요."

"그런 것 같네. ……뭐, 미움받는 것보다는 나아."

"앞으로는 언제든 우리 집에 놀리 와도 돼요!"

"네가 단정한 옷차림으로 맞이해준다면 생각해보겠어."

나는 히가시라의 얼굴을 쳐다보지 않으며 그렇게 말했다. 지금 히가시라의 얼굴을 봤다간, 티셔츠 옷깃 사이로 드러난 가슴이 보일 것이다.

히가시라는 「네~? 옷 갈아입는 건 귀찮은데요……」 하고 내키지 않는 투로 말했다. 뭐, 그 심정은 이해가 되지만, 최소한의 수치심을 갖춰줬으면 한다. 인간으로서 말이다.

그건 그렇고, 딸의 이런 망측한 모습을 허용하다니, 대체 나토라 씨의 교육방침은 어떻게 되어 먹은 걸까. 히가시라가 세상 물정에 어두운 것은 가정환경과 연관이 있는 느낌이 들었다.

우리가 이달 말에 나오는 신간 소설에 관해 이야기를 나누고 있을 때, 나토라 씨가 부엌에서 나왔다.

"자, 먹어."

히가시라의 앞에는 닭고기 달걀덮밥이 놓였다. 달걀이 폭신폭신한 게, 음식점에서 파는 것처럼 보였다. 히가시라는 잘 먹겠습니다라는 말도 하지 않더니, 그릇을 들고 우걱우걱 먹기 시작했다. 왠지 개한테 먹이를 주는 것 같았다.

"이건 네 거야. 대충 주워 먹으라고."

그렇게 말한 나토라 씨는 나무 접시를 테이블 한가운데에 뒀다. 그 안에는 쿠키가 담겨 있었다.

히가시라는 입가에 밥풀을 붙인 채 말했다.

"아, 그건 어제 만든 거잖아요."

"갓 구운 게 아니라 미안한걸. 그래도 충분히 맛있을 거라고."

"직접 만든 거예요?"

"취미거든. 재미없는 인생만큼 김빠지는 건 없지."

이런 이미지에 과자 만드는 게 취미인 건가……. 구김 없는 말투로 저렇게 말하니 멋져 보였다. 주위의 이미지에 좌우되지 않으며 당당하게 행동하는 면은 딸인 히가시라와 일맥상통하는 것처럼 느껴졌다.

감사히 쿠키를 맛보고 있을 때(맛있었다), 나토라 씨가 내 맞은편에 털썩 앉았다.

"이봐, 미즈토 군. 우리 딸이 신세를 많이 지고 있다며?"

"그렇죠."

"어라? 미즈토 씨, 보통 이럴 때는『저야말로 신세를 지고 있어요』라고 말해야 하지 않나요……?"

"쟤야말로 신세를 지고 있어요."

"어라라?! 아니거든요? 쟤가 아니라 저라고 말해야 하거든요?!"

"하하! 여러모로 돌봐주고 있나 보네. 참 고마운걸."

나토라 씨는 멋지게 다리를 꼬더니, 쿠키를 씹어서 부러뜨렸다. 전병처럼 먹네.

"이사나는 옛날부터 협조성이라는 게 제로였거든. 뭐, 흔해빠진 조무래기가 되는 것보다는 낫지만, 친구 한 명 없어서 걱정하던 참이야. 그래서 말이지. 이사나가 방긋방긋 웃으며 네 이야기를 했을 때는 기뻤다니깐?"

"바, 방긋방긋 웃지는 않았어요……."

"웃었잖아. ……아, 방긋방긋이 아니라 히죽히죽이었나? 참 기분 나쁘게 웃기는 했어!"

"너무해요! 학대예요!"

나토라 씨는 하하하 하고 호쾌하게 웃었다. 모녀 사이가 참 좋은 것 같네.

"내가 알기로, 이 눈치 없는 애를 이만큼이나 상대해준 건 미즈토 군뿐이야. 꽤 파장이 맞는 거겠지. 어때? 응?"

“……그래요. 저도 히가시라만큼 마음이 맞는 녀석은 처음 만났어요. 저도 친구 같은 걸 만들어본 적이 없거든요.”

“흐음?”

“저, 저기, 미즈토 씨…… 그런 소리 들으면 부끄럽단 말이에요…….”

히가시라가 「으~」 하고 신음을 흘렸다. 어디까지나 사실을 말했을 뿐이니, 부끄러워할 일은 아닌데 말이다.

나토라 씨는 「하하!」 하고 기분 좋은 듯 웃더니, 자기 무릎을 찰싹 때렸다.

“좋아! 너희 둘, 결혼해라!”

한순간 무슨 말인지 이해 못 했다.

“……네?”, “엥?”

나와 히가시라는 잠시 얼이 나갔다.

나토라 씨는 히죽거리며 말을 이었다.

“듣자하니 미즈토 군은 전교 1등을 한 적 있는 우등생이라지? 그 진학고에서 말이야. 대단한걸. 이사나가 너 같은 우량 매물과 인연이 생기는 일 같은 건 평생 없을 거라고. 그러니까, 네가 데려가.”

“아니…… 저기?”

“놀랄 일은 아니잖아? 자식을 걱정하는 부모로서 당연한 제안 아냐? 사람을 보는 눈 하나는 자신이 있는 편이거든. 너라면 내 딸을 행복하게 해줄 거라고 나는 확신했어. 이사나와 결혼해라. 열여덟 살이 되면 바로 해버려.”

어마어마한 압박에 압도당하면서도, 나는 어떤 가능성을 떠올렸다.

그리고 옆에 있는 히가시라에게 몰래 물어보았다.

“(이봐, 히가시라. 혹시…… 말 안 한 거야?)”

히가시라는 나에게 고백을 했고, 나는 거절했다.

어쩌면 나토라 씨는 그걸 모르는 게 아닐까?

히가시라는 몸을 웅크리더니…….

“(그, 그 이야기를 어떻게 해요…….)”

“(왜 못하는 건데?)”

“(그, 그 이야기를 했다간…… 미즈토 씨가 맞아 죽을지도, 몰라서…….)”

나는 입을 다물었다.

잠시 후, 우리를 꿰뚫을 듯한 나토라 씨의 날카로운 눈길을 확인했다.

식은땀이 났다.

가능성이 있다.

나토라 씨가 얼마나 폭력적인지, 내 눈으로 확인한 적은 없지만…… 이 압박감이 이야기하고 있다. 『딸을 슬프게 하면 죽여버린다』라고 말하고 있다.

딸을 함부로 대하는 것처럼 보이지만…… 사실 이 사람은 딸바보다.

말 못 한다.

말했다간 죽는다.

이미 찼어요, 하고…… 이 상황에서 어떻게 말하냐고.

"응? 왜 그래? 나쁜 이야기는 아니잖아? 너도 이사나를 좋게 보고 있지?"

"아니, 그게…… 어디까지나, 친구로서 그렇게 보는 건데요."

"딱히 문제 될 건 없잖아. 친구와 결혼하는 게 뭐가 나쁜데? 손이 많이 갈지도 모르지만, 걱정하지 말라고. 몸 하나는 끝내주게 길러놨거든."

나토라 씨는 엄지를 세웠다. 히가시라는 「에헤헤」 하고 멋쩍게 웃었다. 방금 발언은 진짜 저질스러웠다고.

친구와 결혼하는 게 뭐가 나쁜데, 라…….

백 보 양보해서 동거 정도라면 나도 괜찮을지 모른다고 생각하지만…….

"흥."

코웃음을 친 나토라 씨는 쿠키를 오독오독 씹어먹었다.

"면상을 보아하니, 너는 연애 같은 귀찮은 짓은 하고 싶지 않나 보네."

"……솔직하게 말하자면, 그래요."

"하아……."

나토라 씨는 땅이 꺼지게 한숨을 내쉬었다. 낙담시킨 걸지도 모르지만, 그게 나의 솔직한 마음이다. 괜히 말을 빙빙 돌렸다간, 이 사람은 화낼 것이다.

"진짜 뭘 모르네. 이래서 꼬맹이는 문제라니깐— 그런 녀석일수록 결혼해야 한다고."

"네?"

"잘 들어, 미즈토 군. 기혼자라는 건, 연애라는 귀찮은 세상과 바이바이한 사람에게 주어지는 칭호야."

예상에서 완전히 벗어난 말이었기에, 나는 살짝 숨을 삼켰다.

"왼손 약지에 반지를 끼고 있으면 꼬리치는 녀석도 없어지고, 시골에 계신 부모님에게 『남친 있니?』, 『결혼은 언제 할 거야?』 같은 잔소리를 듣지도 않게 돼. 기혼자가 되면 참 편하다고~. 인류는 모두 연애를 해야 마땅하다고 생각하는, 구제할 길 없는 연애 멍청이들을 상대하지 않아도 되니까 말이지."

나토라 씨는 하하 하고 시원하게 웃었다.

"연애결혼을 부정하는 건 아니지만, 내가 보기에 그건 도박이야. 좋아하게 된 상대와 생활의 호흡이 맞을지는 아무도 모르잖아. 주위를 봐. 중학생 때 사귀던 녀석들이 고등학생이 되어서 헤어지고, 고등학생 때 사귀던 녀석들은 대학생이 되면 헤어져. 그 정도의 감정으로 평생 함께할 상대를 찾는 건 무리잖아. —결혼을 할 거면, 좋아하는 녀석보다는 마음이 맞는 녀석을 골라. 선현의 조언이야."

“엄마는 아빠와 항상 사이가 좋잖아요.”

“그래. 지금도 같이 모험을 하지.”

“하지만 아빠는 엄마한테 잡혀 사는 것 같은데요.”

“그야 그 녀석이 대형 나무통 폭탄을 챙겨오는 걸 깜빡해서야.”

크하하! 하고 나토라 씨는 해적처럼 웃었다.

중학생 때 사귄 이들은 고등학생이 되어서 헤어진다, 라…….

지극히 옳은 말이다. 연애 같은 건 일시적인 마음의 흔들림에 불과하며, 그것으로 인생의 파트너를 결정해선 안 된다.

그리고 결혼만 한다면, 마음이 흔들릴 일도 없어진다…….

논리적이기는, 했다.

히가시라와 연인 사이가 되지 않더라도, 부부 사이가 된다면 마음 편히 지낼 수 있을지도 모른다. ―그것은 부정할 수 없는 사실이었다.

“뭐…… 아까는 바로 결혼하라고 했지만, 천천히 생각해 봐. 고등학생은 하반신으로만 매사를 생각하는 시기거든.”

이 사람은 고등학생이 하등동물이라고 생각하는 걸까.

“이봐, 이사나.”

“네~?”

히가시라는 어느새 덮밥을 다 먹어 치웠으며, 입술에 붙어 있던 밥알을 핥아먹고 있었다.

나토라 씨는 그런 히가시라를 쳐다보며, 나를 손가락으로 가리켰다.

"너, 이 녀석을 확 농락해버려."

"네? 할 수 있으면 벌써 했을 건데요."

"뭐라고~? 이 자식, 뭘 위해 그렇게 커다란 찌찌를 달고 태어나게 해준 건지 모르는 거냐? 그걸 이용하라고."

"엄마는 미즈토 씨가 얼마나 철벽남인지 모르니까 그런 말을 하는 거예요~."

"멍청아, 참고 있을 게 뻔하잖아."

"네~?"

"저 애의 집에는 다른 사람이 있지? 나는 한동안 나갔다 오마. 겁먹고 아무것도 못 한다면 확 죽여버릴 거다."

"으으~."

히가시라는 질렸다는 듯 신음을 흘렸다.

이 모녀는 당사자 앞에서 무슨 소리를 늘어놓고 있는 거야. 마치 상식이 다른 이세계로 전생한 기분이다.

나토라 씨는 소파에서 일어나더니…….

"그럼 느긋하게 있다 가라고, 미즈토 군. 이 집은 벽이 두꺼우니까 소리 좀 내도 괜찮아."

"……신경 쓰지 마세요."

"똑같은 말 또 하게 만들지 마. 신경 쓰는 게 당연하잖아?"

나토라 씨는 히죽 웃으면서 진짜로 집에서 나갔다.

남겨진 우리는 쿠키를 먹으며 잠시 시간을 보냈다. 옆에 있는 히가시라는 나를 배려하는 건지, 평소처럼 내 무릎을 베지는 않았다.

"……저기, 미즈토 씨."

히가시라는 머뭇거리며 말했다.

"엄마가 한 말, 진지하게 듣지 않아도 돼요."

"알아."

"매사에 있어 바로바로 판단을 내리는 사람이거든요. 툭하면 이렇게 해라, 저렇게 해라, 하고 말해요."

"그렇구나."

"……저기, ……방으로, 돌아갈까요?"

옆을 쳐다보니, 히가시라가 나를 올려다보며 안색을 살피고 있었다.

그리고 흰색 티셔츠와 옷깃 사이로 보이는 살색 가슴, 그리고 물빛 천이 어렴풋이 보인 듯한 느낌이 들었다.

"……그러자."

—멍청아, 참고 있을 게 뻔하잖아.

그래, 맞아.

내가 너를 찬 건, 너한테서 매력을 느끼지 못해서가 아냐.

그때 일을, 떠올려봐야 할 것이다.

히가시라가 고백을 하고, 내가 거절을 한, 그때 일을…….

—미안해, 히가시라— 나는, 너를 여친으로 삼을 수 없어.

히가시라는 내 대답을 듣더니, 한동안 아무 말 없이 서 있었다.

말을 걸 수도, 그 자리를 벗어날 수도 없었다. 그저 그 모습을 지켜보는 것만이, 내가 해야만 하는 일이라고 생각했다.

실은, 마음 한편으로 각오하고 있었다.

나와 히가시라는, 언제까지고 친구로 지낼 수는 없을지도 모른다.

예전에 중학생 때의 아야이와 그랬던 것처럼, 그 이상의 관계가 되려고 할지도 모른다.

그렇게 됐을 때, ……나는 분명, 히가시라에게 미움받는 것을 선택하고 마리라.

그녀에게 사랑받은 것을, 분명 기쁘게 여기면서도…… 아직도 그 자리를, 남에게 넘겨주지 못했다.

그것은, 명백한 취사선택이다.

내 안에 존재하는 그 녀석을 울리지 않기 위해, 히가시라를 울린다. —그런 선택을 내렸다.

설령 자기혐오로 점철되어 있더라도, 그것이 내가 나에게 허락할 수 있는 유일한 선택지였다—.

하지만.

히가시라는…… 울지 않았다.

한동안, 멍하니 고개를 숙인 후— 다시 고개를 들었을 때.

그녀는, 실없는 웃음을 머금었다.

—들어줘서, 고마워요. ……미즈토 씨, 돌아가죠.

평소처럼.

어제까지와 똑같은 말을 하는 히가시라를 보고, 나는 잠시 아연실색했다.

—괜, 찮은…… 거야?

내 어리석은 질문에, 히가시라는 얼버무리듯 미소 지었다.

자기 자신을 지키려는 듯, 왼손으로 오른쪽 팔꿈치를 움켜잡더니…….

—괜찮지, 않으니까…… 혼자가 되는 게, 좀 무서워요.

나는 그 순간, 히가시라 이사나가 상처받았다는 것을 처음으로 깨달았다.

만약 그녀를 상처입힌 이가 다른 누군가였다면, 나는 절대 용서하지 않았을 것이다. 그 어떤 수를 써서라도 그자를 벌한 후, 어리석은 짓을 한 것을 후회하게 만들어줬으리라.

그러니, 마찬가지로…….

그런 짓을 한 이가 자신이라는 것에 생각이 미친 순간, 나는 벌을 받아야만 한다고 여겼다.

히가시라를 찬 책임을, 져야만 한다고 생각했다.

그래서, 고백을 하고 차인 직후에 같이 돌아가자고 말하는 이 어처구니없는 상황도, 받아들일 수밖에 없었다.

나는 그날, 히가시라와 함께 교문을 나섰다.

평소처럼 서점에 들렀고, 저 신작을 가지고 싶다거나 저 시리즈에 관심이 간다거나, 평소와 다름없는 이야기를 나눴다.

분명 그것이, 그녀에게 있어 최선의 위로가 되리라고 생각했다.

그리고 헤어질 때, 히가시라는 말했다.

—그럼…… 오늘은 정말, 감사했어요.

그때였다.

그때, 처음으로…… 히가시라의 목소리가, 떨린 것이다.

희미했다. 희미한 떨림이었다.

하지만, 그것으로 충분했다.

히가시라가 나와 통학로를 걸으면서, 라이트노벨을 살펴보면서, 얼마나 필사적으로 자기 마음을 위로하고, 나와의 관계를 유지하려 했는지를— 그것을 전하기에, 충분했다.

성격일지도 모른다.

성질일지도 모른다.

타인과 교류한 적이 없고, 얼굴 근육이 약해 표정이 잘 드러나지 않으니까. 그런 이유만으로, 겉으로 드러나지 않은 걸지도 모른다.

그래도— 참 강했다.

사소한 일로 삐쳤던 나와 다르다. 좋아하는 사람과의 나날을 되찾기를 바라면서, 아무런 노력도 하지 않았던 나와는 전혀 다르다.

그런 안타까운 모습이, 나에게는 눈부셔 보였다.

그 어떤 고난도 극복하며 지켜내야만 하는, 소중한 무언가처럼 보였다.

그래서— 히가시라가, 뒤돌아서기 전에.

터벅터벅, 쓸쓸히 집으로 향하기 전에.

나는, 그녀의 팔을 움켜잡았다.

—어?

히가시라는 놀라면서, 내 얼굴을 올려다보았다.

흘러내리지 않은 눈물이 눈동자에 맺힌 채, 빛나면서 희미하게 흔들리고 있었다.

그것이 넘쳐흐르지 않도록, 나는 말했다.

—……친구 사이가, 뭐가 나쁜데.

—연인 같은 건, 몇 년 지나면 헤어지고 말 거야. 대학생이 되면, 연락도 주고받지 않을지도 몰라. 그에 비하면—.

—친구 사이가, 훨씬 좋지 않아?

궤변일지도 모른다.

연인 관계를 과장되게 폄하하고, 친구 관계를 과장되게 찬양하는, 얼토당토않은 말장난일지도 모른다.

하지만, 찾아야만 했다.

히가시라가, 울지 않아도 될 이유를 말이다.

—나는, 너에게 키스를 할 수는 없지만, ……어깨를 안아줄 수 있어.

—화장을 깜빡해도, 옷이 귀엽지 않아도, 딱히 화내지 않아. 네가 내 곁에 있기 위해, 자격이 필요하거나 노력을 하지 않아도 돼.

—그러니까…….

나는 말을 끝까지 잇지 못했다.

그 전에, 히가시라가 고개를 숙이며 내 교복 앞섶을 움켜쥔 것이다.

—그만, 하세요…….

—그런 말을 들으면…… 더, 좋아하게 된단 말이에요……!

나는, 거절도 긍정도 하지 않았다.

그것을 스스로에게 허락할지는, 히가시라 본인이 결정할 일인 것이다.

그래서, 딱 하나만 약속했다.

—나는, 네가 아는 나인 채로 있겠어.

고백을 받았다고 해서, 태도가 변하지 않겠다.

고백을 거절했다고 해서, 태도가 달라지지 않겠다.

그것이 이렇게 강한 너에게 어울리는 존재이기 위한, 유일한 방법이니까…….

몇 초 후…… 코를 훌쩍이는 소리가 들리더니, 히가시라가 고개를 들었다.

그 얼굴에는 아까까지의 모습이 헛것이었다는 듯, 환한 미소가 어려 있었다.

—그럼, 앞으로도 잘 부탁드릴게요!

아, 그래.

나도, 히가시라의 빠른 태세 전환에 놀라기는 했지만.

실은 무리를 하는 게 아닌가 싶어서, 조금 의심했지만.

기분 좋게 손을 흔들며 돌아가는 그녀의 등을 보며, 이게 바로 히가시라 이사나라는 사실을 이해했다.

그녀의 등을 응시하며, 나는 눈을 가늘게 떴을 게 틀림없다.

눈부신 무언가를 본 것처럼.

그래. 맞아. 솔직하게 말하겠어.

왜냐하면, 이건 마음의 흔들림 같은 게 아니거든.

—나는, 히가시라 이사나를 믿어.

이것은 연애가 아니라, 신앙이다.

히가시라의 방으로 돌아간 우리는 은근슬쩍 거리를 뒀다.

히가시라는 침대에 앉았고, 나는 공부용 책상 옆에 멀뚱멀뚱 서 있었다.

끼익하고 침대가 삐걱거리는 소리가 나더니, 시선이 흔들리고 있는 히가시라가 앞 머리카락을 만지작거렸다. 나토라 씨의 말을 진지하게 듣지 않아도 된다고 말한 본인이, 명백하게 허둥거리고 있었다.

"히가시라."

"네, 네엡?!"

말을 걸었을 뿐인데 흠칫하더니, 양손을 휘저어댔다.

재미있으니, 좀 더 놀려야겠다.

"아무것도 안 할 거야?"

"네? ……아. 여, 역시 벗는 편이 좋을까요?!"

"손에 쥔 패가 너무 적은 거 아냐?"

농락을 하더라도, 그건 마지막에 써먹을 패라고.

으으~. 하고 신음을 흘린 히가시라는 옆으로 털썩 누웠다.

"저한테는 무리예요……. 그걸 못했으니 차인 거잖아요……."

"신경 쓰지 마. 너 말고 다른 사람이라도 무리였어."

"그건 그래요. 미즈토 씨를 자기 방으로 데려온 것만으로도 대성공이란 설이 있어요."

지당한 말이다. 연인조차도, 감기에 걸렸을 때 외에는 이룩하지 못한 일이니 말이다.

히가시라의 긴장이 풀렸을 즈음, 나는 별생각 없이 책상을 쳐다보았다. 남의 방을 함부로 둘러보는 건 예의에 어긋나는 행동이지만, 히가시라는 항상 내 방을 구석구석까지 둘러보니 피차일반이다.

히가시라의 책상에는 태블릿PC 한 대와 라이트노벨 여러 권, 먼지를 뒤집어쓴 헤드셋이 어지러이 놓여 있었다. 공부는 전혀 안 하는 것 같네. 이 녀석, 방학 숙제는 제대로 한 거야?

"……어?"

나는 그런 물건들 사이에 묻혀 있는 노트 한 권을 발견했다.

이건 공부용 노트일까? 그런 것치고는 글자가 적혀 있지 않은데…….

신경이 쓰인 내가 그 위에 놓인 라이트노벨을 치우자, 히가시라는 「앗!」 하고 외쳤다.

"잠깐, 미즈토 씨…… 그건……!"

유감이지만, 이미 늦었다.

그 노트에 그려진 것을, 나는 보고 말았다.

그렇다. ―그려진 것이다.

그것은 일러스트였다.

아까 노트 위에 놓여 있던 라이트노벨의 히로인을 그린 것 같았다.

"흐음…… 아하."

"끄아~! 보지 마요, 보지 마요, 보지 마요!"

"당황할 건 없잖아. 네가 일러스트를 그리거나 소설을 쓴다는 건 충분히 예상이 되거든."

"네?! 태블릿 안도 본 거예요……?"

"소설은 태블릿 안에 들어있구나."

"으윽! 제 무덤을 팠어요……!!"

히가시라는 베개에 얼굴을 묻으며 끙끙거렸다.

나는 그 틈에 공책을 꺼내서 일러스트를 살펴봤다.

"똑같이 베낀 게 아니네……. 직접 구도를 생각한 것 치고는 꽤 잘 그렸는걸?"

"그렇지 않아요……. 몇 번을 그려도, 팔과 다리와 얼굴이 이상하다니까요……."

"흐음. 문외한이 보기엔 모르겠어."

적어도, 미술 수업에서 반의 주목을 받을 수준의 실력이라는 생각이 들었다.

히가시라는 침대 위에서 몸을 배배 꼬면서 말했다.

"그렇지 않거든요~?! SNS의 신급 일러스트레이터의 발끝에도 못 미친다고요~!"

"신급 일러스트레이터가 되고 싶어?"

"당연하죠!"

몸을 벌떡 일으킨 히가시라는 진지한 눈길로 나를 쳐다봤다.

"잘 들어요, 미즈토 씨— 그림 실력이 별로면, 야한 걸 못 그려요."

"그…… 그렇구나."

"서툰 그림은 하나도 야해 보이지 않아요! 사람과 사람이 뒤엉켜 있는 그림 같은 건 실력이 별로면 그릴 수가 없다고요!"

이 미성년자, 대놓고 법을 어기려고 하네.

"왜 그렇게 야한 그림이 그리고 싶은 건데……?"

"그야, 좋아하는 히로인의 젖꼭지가 보고 싶은걸요! 라이트노벨은 팬아트가 적으니까, 직접 그릴 수밖에 없어요!"

사춘기 성욕에 대해 이렇게 솔직한 여자애도 흔하지 않을 것이다.

"뭐, 원동력으로서는 무시할 수 없겠지. 나는 문외한이라서 조언을 해줄 수 없지만, 모처럼 이렇게 능숙해졌으니까 더 노력해."

"어~. 하지만, 실력이 더 좋아지려면 데생 같은 걸 연습해야 한다고요~."

"무슨 일에서든 기본이 중요하다니까 말이야."

"사과 같은 걸 그리는 건 재미없잖아요? 쳐다보고 있기만 해도 질려요."

"연습할 때는 꼭 사과를 그려야 한다는 규칙이 있는 건 아니잖아. 질리지 않을 만한 것, 좋아하는 것을 그리면 되지 않아?"

"으음…… 그럼 미즈토 씨네요."

"그렇구나. ……뭐?"

너무나도 당연하다는 듯 말하자, 바로 반응하지 못했다.

히가시라는 어리둥절하다는 듯 고개를 갸웃거리더니…….

"좋아하는 것을 그리라면서요? 그럼 미즈토 씨를 그릴래요. 협력해주세요~."

"아니…… 뭐, 좋아."

정말 구김이 없달까, 주저가 없달까……. ……뭐, 좋다. 히가시라의 이런 면에 일일이 동요했다간 한도 끝도 없다.

히가시라는 침대에서 내려오더니, 책상 위에 있는 태블릿 PC를 손에 들었다. 아날로그가 아니라, 디지털로 그리려는 것 같았다.

"이 의자에 앉으세요~."

책상에서 의자를 빼서 나에게 권한 후, 자기는 침대로 돌아갔다.

내가 의자에 앉자, 히가시라는 무릎을 세운 후에 그 위에 태블릿을 뒀다.

"거기서 그릴 거야?"

"네. 가능한 한 움직이지 마세요~."

터치펜을 꺼내든 히가시라는 나를 힐끔힐끔 쳐다보면서 그림을 그리기 시작했다.

"사람을 모델로 삼는 게 처음이라 그런지, 좀 긴장되네요."

"항상 상상만으로 그린 거야? 그것도 대단하네."

"아뇨, 뭔가를 보면서 그리기도 해요. 인체라는 걸 그림으로 그리면 괴상해지기 마련이거든요."

"아하, 인터넷에서 모델로 삼을 이미지를 찾는 거구나."

"에이, 그럴 필요 없어요. 제 몸이 있는걸요."

"뭐?"

"직접 포즈를 취하고 사진을 찍은 다음, 그걸 보며 그리기도 해요. ……볼래요?"

"……안 볼래."

"다행이네요. 모자이크 처리가 안 됐거든요."

대체 뭘 그린 걸까. 아니, 그 이전에 그런 그림이면 보여주려고 하지 마.

"저기 있는 전신거울도, 전에는 자료용 셀카 용도로만 썼어요~. 미나미 양들에게 교육을 받고 나서는 본래 용도로도 쓰고 있지만요."

벽 쪽에 놓인 커다란 전신거울 앞에서, 히가시라는 어떤 자세를 취했을까…… 좀 상상해봤다.

방 안에서 혼자, 망측한 모습으로, 망측한 포즈를 취하며, 거울을 향해 스마트폰을—.

—하아, 정말. 그만해. 관두라고.

히가시라로 그런 상상을 하면, 죄책감이 밀려왔다. —마음만 먹으면 현실로 만들 수 있는 만큼, 그것을 선택하지 않은 자기 자신을 부정하는 기분이 드는 걸지도 모른다.

고백에 대한 대답을 이제 와서 바꾸더라도, 히가시라는 기뻐하며 받아줄 것이다.

설령, 만약, 그런 순간이 언젠가 찾아올지라도— 그것은, 엉큼한 마음을 품고 할 짓이 아니다.

"므흐흐. 미즈토 씨의 몸……."

……상대방은 엉큼한 마음이 철철 넘치는 것 같지만 말이다.

"체형이 참 호리호리하고 예쁘네요~. 손가락이 정말 가늘어서, 순정만화 캐릭터 같아요."

"근육이 없는 것뿐이야. 벗으면 빼빼 말랐어."

"흐음…… 그럼 과장 좀 할게요."

"……이봐. 잠깐만 있어 봐. 나는 지금 옷을 입고 있거든?"

"옷 그리기 귀찮거든요."

"인마!"

"괜찮아요, 괜찮아! 모자이크가 필요한 부분은 안 그리거든요! ……자료를 보여준다면 달라지겠지만요."

"절대로 안 보여줘!"

"칫~."

히가시라는 유감이라는 듯 입술을 삐죽 내밀었다. 이 녀석, 진심이었구나…….

히가시라는 수다를 떨면서도 거침없이 펜을 놀렸다. 즐거워 보였다. 나를 인형 삼아 사진을 찍어대던 유메도 즐거워 보였는데, 나의 어떤 부분이 그렇게 재미있는 걸까.

"……이 녀석이나 저 녀석이나, 괴짜라니깐……."

혼잣말을 중얼거리자, 히가시라가 고개를 들었다.

"이게 첫사랑이라서, 뭐가 이상한지 모르는데요."

"그런 소리 좀 대놓고 하지 마. 놀란다고."

"그러는 미즈토 씨는 누군가를 좋아한 적 없나요?"

마치 친구끼리의 잡담을 나누듯이, 히가시라가 그렇게 물었다. 그녀의 시선은 태블릿 화면을 향하고 있었으며, 펜 또한 계속 놀리고 있었다.

신경 쓰이지 않는 거야, 같은 바보 같은 질문은 하지 않았다. 히가시라 이사나가 그렇게 속 좁은 인간이 아니라는 것을, 나는 안다.

"……누군가를 좋아한 적 없어."

"어~? 왜 거짓말을 하는 거예요. 저는 기억하고 있거든요? —제가 고백했을 때, 말했잖아요. 『내 안에는 자리가 하나뿐이며, 그걸 점거하고 있는 사람이 있다』 하고요."

"……."

"발언이 좀 이상하긴 하지만, 따지자면 좋아하는 사람이 있다는 의미 아닌가요?"

당시의 대답이 히가시라에게 얼마나 정확하게 전해졌는지, 이제까지 확인하지 않았다.

어쩌면 히가시라는 사소한 건 신경 쓰지 않을지도 모른다, 라는 아련한 기대를 품고 있었던 것이다.

하지만, 뭐…… 그럴 리가 없지.

"……아냐. 좋아하는 사람 같은 건…… 지금은 없어."

"지금은?"

"……그렇게 듣고 싶어?"

"듣고 싶어요! 실은 소소하게 쭉 궁금했거든요!"

"소소하게냐. 엄청 신경 쓰이라고. 그리고 그 자리에서 바로 물어보란 말이야."

"그럴 겨를이 없었어요! 저는 실연 직전인 상황이었다고요!"

"아, 그건 그래. 미안해. ……뭐, 너한테는 숨길 필요가 없겠지. 미리 말해두겠는데, 화내지 마."

"네?"

고개를 갸웃거리는 히가시라 앞에서, 나는 결심했다.

"중학생 때— 나한테는, 여친이 있었어."

이제까지, 단 한 번도…….

직접 밝힌 적이 없는 사실을, 나는 입에 담았다.

히가시라의 펜이 움직임을 멈췄다.

그리고 녹이 슨 목을 억지로 움직이듯, 고개를 들었다.

"……네에?"

위성 중계처럼 랙이 발생한 후, 히가시라가 입을 열었다.

"여…… 여친?"

"그래."

"연인?"

"맞아."

"미즈토 씨한테?"

"응."

히가시라는 잠시 동안, 생선처럼 입을 뻐끔거리더니—.

"거— 거짓말이에요~!!"

침대 위에서 뒤쪽으로 후다닥 물러나더니, 벽에 등을 부딪쳤다.

"미, 미즈토 씨 같은 오, 오타, 오타쿠한테! 여, 여친이……! 여친 같은 게……!!"

"나한테 고백한 녀석이 할 소리야?"

"……아, 그건 그래요……."

히가시라는 그 말을 듣자마자 진정했다.

화낼 거라고 생각했는데 말이야. 히가시라는 나를 동지라고 여기는 것 같으니— 나도 자신과 마찬가지로, 쓸쓸한 중학생 시절을 보냈을 거라고 생각했을 게 틀림없다. 그것을 부정하는 게 좀 그래서, 이제까지 말하지 않은 거기도 하지만…….

"그래요……. 미즈토 씨한테, 여친이…… 좀 충격이에요……."

"『좀』 정도로 넘어가니 다행인걸."

"자기 지우개를 주워준 여자애를 아직 마음에 두고 있다, 같은 징그러운 이야기일 거라고 생각했거든요……."

"너, 대체 자기가 어떤 녀석한테 반했다고 생각한 거야?"

그런 이를 자기 마음속의 자리에 앉혀두는 녀석이라면, 진짜 위험천만한 놈일 거라고.

히가시라는 천천히 펜을 다시 놀리기 시작하며 말했다.

"『있었어』라는 건…… 헤어진 건가요?"

"응. 졸업하면서 헤어졌어. ……실질적으로는 그로부터 반 년쯤 전부터 헤어진 상태였지만 말이야."

"우와…… 미즈토 씨한테서 그런 리얼한 이야기를 듣는 건, 좀 싫네요……."

"진짜로 싫다면 그만할게."

"네. 그만해주세요."

이때는 『그렇지 않아요』 하고 보통 말하지 않나?

"흐음…… 그래요……. 그럼 그 전 여친분 때문에, 저를 찬 거군요."

"그……렇다고, 할 수, 있겠네."

"즉, 전 여친을 아직 잊지 못한 거군요."

"으윽."

"미련이 철철 넘치네요~."

"……아, 아냐……."

"정말……."

한순간.

히가시라의 눈에, 안타까운 빛이 어린 것처럼 보였다.

"……좋아, 했군요."

그것은 틀림없는, 선망의 시선이다.

자기도, 누구인지도 모르는 그 인물처럼 되고 싶은 것이다.

"미즈토 씨라면 그 여친분한테도 상냥했을 테고, 잘 챙겨줬겠죠……. 순정만화 남자 주인공처럼 하나부터 열까지 헤아려주며, 도와줬을—."

펜이 또 움직임을 멈췄다.

히가시라는 상상의 나래를 펼치듯, 허공을 쳐다보았다.

"……아아……."

그리고 한숨을 내쉬더니…….

"……왠지, 징그러워요……."

"이봐."

실연을 곱씹어야 하는 타이밍 아니냐고.

"아니, 징그러운 게 당연하잖아요. 여자애에게 상냥한 미남 미즈토 씨니까요. 캐릭터 붕괴예요. 캐릭터 해석에서 차이나요."

"그야 지금의 나를 보면 그렇게 느껴질지도 모르지만……!"

"한번 해보세요(웃음)."

"목소리 톤이 완전 심술쟁이 같거든?!"

해주겠어! 다시 반하지 말라고, 이 사람아!

모델이 되어주고 있지만, 이렇게 도발을 받았으니 입 다물고 있을 수는 없다. 나는 자리에서 일어선 후, 히가시라가 앉아있는 침대 가장자리에 무릎을 댔다.

태블릿의 화면을 쳐다보는 히가시라의 얼굴을 향해 손을 뻗으며, 그녀의 앞 머리카락을 살며시 쓸어 넘겼다.

"……으응……."

"더, 보여줘."

과거를 떠올리며 상냥한 목소리로 그렇게 말한 나는 히가시라를 향해 얼굴을 내밀었다.

"귀여운 얼굴을…… 머리카락으로 숨기지 마."

내 눈동자를 응시하는 히가시라의 눈빛이 흔들렸다.

그리고—.

"—푸훗!"

힘차게 웃음을 터뜨리며, 손으로 입을 막았다.

"아하! 아하하하하! 아하하하하하하하하하!!"

"폭소 좀 하지 마!!"

배를 잡고 침대 위에서 데굴데굴 구르는 히가시라를, 나는 손바닥으로 찰싹 소리가 나게 때렸다.

그야 냉정하게 보면 개그겠지만 말이야! 당시에는 이딴 짓을 진지하게 했었다고! 진짜 죽고 싶어지네!

"히익…… 히익…… 아~, 재미있다. 한 번 더 해주세요(웃음)."

"안 해!!"

"역시 미즈토 씨는 배배 꼬인 외톨이가 더 어울려요. 그래도 ASMR적으로는 꽤 괜찮네요. 야한 짓을 할 때는 방금 느낌으로 부탁할게요."

"안 한다고!!"

푸풉, 하고 웃음을 흘린 히가시라가 나에게 살며시 다가왔다.

그리고 어깨에 손을 얹으며, 내 귀에 입을 댔다.

"(……미즈토 씨가, 더 멋져요.)"

"으극……!"

"아, 비슷했어요? 아하, 여친분은 이런 느낌이었군요. 멍청한 대화네요."

"시끄러워! 커플이 되면 멍청해지기 마련이라고!"

"므흐흐. 으음~, 그럼 다음은……."

"이제 됐잖아! 기분 나쁘네!"

"꺄아~!"

히가시라를 떼어낸 후, 그대로 어깨를 잡고 침대에 쓰러뜨렸다.

내가 위에서 덮치는 듯한 자세가 되자, 히가시라는 「헉!」 하며 눈을 치켜떴다.

"여친이 있었다는 건…… 설마, 이미 경험이……?!"

"……없어. 거기까지는 못 갔거든."

"아하~. 그래서 미련이 철철 넘치는……."

"아냐! 이 말은 해두겠는데, 너를 찬 건 다른 이유가 겹쳐서지, 내가 그 여자한테 미련이 있어서가—."

"아."

히가시라가 뭔가에 잡아당겨진 것처럼, 갑자기 옆을 쳐다보았다.

나도 히가시라를 침대에 쓰러뜨린 채, 덩달아 같은 방향을 쳐다봤다.

"……."

방문이, 희미하게 열려 있었다.

그리고 문틈으로, 두 눈이, 침대에 있는 우리를 쳐다보고 있었다.

나토라 씨였다.

"……잘했다, 이사나. 그래도 낄 건 끼고 해."

그렇게 말한 나토라 씨는 문틈으로 조그마한 상자를 던졌다.

그것은— 완곡하게 설명하자면…… 한밤중의 에티켓 봉투, 라고나 할까…….

"임신은 아직 이르니까 말이지. 그럼 힘내라고."

나토라 씨는 그렇게 말한 후, 문을 닫았다.

변명을 할 틈도 없었다.

"어……?"

히가시라는 영문을 모르겠다는 표정으로 나토라 씨가 던진 상자를 쳐다보았다. ……어라? 이 녀석, 설마…….

내 몸 아래에서 쑥 빠져나간 히가시라는 바닥을 네발로 기면서 이동하더니, 그 상자를 주워 들었다.

"이게 뭐지…… 앗?! 이건……!"

고개를 갸웃거리며 상자를 살펴본 히가시라는 기뻐하며 그것을 나에게 보여줬다.

"이것 좀 봐요, 미즈토 씨! 이건 그거예요! 거기에 씌우는 녀석! 처음 봤어요! 우와~, 이렇게 생겼군요. 우와……."

"……그래."

내 거북한 대꾸가 들리지 않은 건지, 히가시라는 그 상자를 열었다. 내가 말릴 틈도 없이, 줄줄이 붙어 있는 네모난 비닐 중 하나를 떼어내더니…….

"미즈토 씨, 봐요! ……냐암. 동인지 표지~!"

"하지 마, 바보야!!"

"아얏!"

전속력으로 머리를 때리자, 히가시라의 입에서 네모난 비닐이 쑥 떨어졌다.

이 녀석은 오늘 하루에 몇 번 선을 넘어야 직성이 풀리는 거냐고.

"그럼 가볼게. 다음에 봐."

"자고 가도 되는데~. 엄마도 괜찮다고 했고요."

"처음 방문한 집에서 자고 갈 만큼 신경이 굵지는 않거든."

나는 맨션 입구까지 배웅을 온 히가시라에게 그렇게 말했다.

결국 그 후, 나토라 씨가 억지로 권하는 저녁 식사까지 먹게 됐다. 게다가 목욕도 하고 가란 말까지 들었고, 이대로 가다간 집에 돌아가지 못하게 될 것 같았기에 도망을 친 것이다.

히가시라는 잠옷 위에 카디건을 걸친 차림으로, 팔뚝을 살짝 문지르더니…….

"또 놀러 오세요."

"그래. ……가능하면 다음에는 아무도 없을 때 놀러 올게."

"어~, 싫어~, 변태~."

"부끄러워하는 이미지가 빈곤하네."

히가시라는 카디건의 소매를 입가에 대며, 므흐흐~ 하고 웃었다.

"다음에는 게임이라도 해요. 엄마가 호러 게임을 가지고 있거든요. 미즈토 씨가 겁먹는 모습이 보고 싶네요."

"나, 그런 쪽으로는 꽤 강해."

"자아, 과연 그럴까요. VR로 팔이 잘려 나가도 같은 말을 할 수 있으려나요."

"진짜냐. VR도 있는 거야? ……솔직히 말하자면, 좀 관심이 가네."

"게이머 부모님 만만세라니까요. 용돈 모아선 그렇게 비싼 건 못 사거든요~."

몸을 흔들며 VR게임의 몰입감을 표현하는 히가시라를 보며, 나는 입가를 말아 올렸다.

내가 나인 한, 히가시라도 히가시라일 것이다.

아무것도 변하지 않는다. 고백을 하든, 고백을 받든, 차든, 차이든, 좋아하든, 싫어하든…….

우리는, 마음의 흔들림에 휘둘리지 않는다.

"그럼, 돌아가면 LINE 보내주세요."

"알았어. 내키면 보낼게."

"말은 그러면서~, 답신율 100퍼센트잖아요~."

"읽고 답장 안 하면 네가 울상 이모티콘을 연달아 보내잖아?"

에헤헤, 하고 히가시라는 웃었다.

우리는 이 정도가 딱 좋다.

◆ 이리도 유메 ◆

현관의 문이 열리는 소리가 들린 건, 오후 여덟 시가 지났을 즈음이었다.

저녁 식사를 마친 후, 거실에서 안절부절못하고 있었던 나는 다급히 복도로 나갔다.

현관에서는 미즈토가 신발을 벗고 있었다.

"저기!"

"……응? 아, 다녀왔어."

"어서 와. ……가 아니라!"

"뭐야?"

"이 시간까지 어디 갔던 거야? 밥도 먹고 온다고 하더니, 엄마는 빙긋빙긋 웃기만 하며 네가 어디 갔는지 가르쳐주지를 않잖아!"

이런 일은 처음이었다.

처음에는 카와나미와 놀러 가서 밥도 먹고 들어오는 거라고 생각했지만, 불길한 예감에서 벗어날 수가 없었다.

그것도 그럴게, 엄마가 빙긋빙긋 웃기만 했다. 의미심장하게 빙긋빙긋 웃기만 했다.

내가 초조해하는 사이, 미즈토는 복도를 걸어오며…….
"히가시라의 집에 갔다 왔어."
……하고, 딱 잘라 말했다.
뭐……?
"히가시라가 툭하면 우리 집에 놀러 오니까, 걔 부모님이 나와 인사를 나누고 싶다고 하셨다네. 설마 밥까지 같이 먹게 될 줄은 몰랐지만— 아, 맞다."
내가 얼어붙어 있는 동안, 내 옆을 지나친 미즈토는 거실 문을 열었다.
"유니 씨. 아버지라도 괜찮은데요."
"아, 미즈토 군. 어서 와~. 무슨 일이니~?"
"히가시라의 부모님이 인사하러 오고 싶다네요. 괜찮은 날을 알려달래요."
"어머! 그렇구나. 잠깐만 기다리렴. 언제가 비어 있더라—."
스마트폰으로 스케줄을 확인하기 시작한 엄마를 쳐다보는 사이, 초조함이 내 온몸을 뒤덮었다.
"저, 저, 저, 저기……!"
"응?"
내가 뒤편에서 어깨를 움켜잡자, 미즈토는 의아하다는 눈길로 나를 돌아보았다.
"무, 무슨 생각을 하는 거야……?! 지금 어른들이 히가시라 양을 뭐라고 생각하는지 잊은 거야……?!"

저 두 사람은 히가시라 양이 미즈토의 여친이라고 생각한다.

그 오해가, 히가시라 양의 가족에게까지 퍼진다면……!

"……아~."

미즈토는 찔리는 구석이 있는 것처럼 시선을 돌렸다.

"그것 말인데……."

"어? 뭐야? 뭔데? 듣기 싫어!"

"아무래도, 이미 늦은 것 같아."

미즈토의 입에서 흘러나온 것은 체념의 한 마디였다.

무슨 소리야? 하고 되물어볼 것도 없었다.

그 말은 즉, 히가시라 양의 가족에게도 두 사람이 그런 관계로 인식됐다는 의미……!

—어떻게 된 거야?!

왜 같이 사는 내가 아니라, 히가시라 양이 그런 오해를 받는 건데~?!

전 연인들은 집을 본다
"—나도, 남자야."

◆ 미나미 아카츠키 ◆

내가 유메와 함께 패밀리 레스토랑에 온 후로 벌써 30분이 경과했다.

"실은……."

"흠흠."

"……지, 질색하지 않은 거지?"

"괜찮아~! 걱정 말고 이야기해봐!"

"저기……."

"응응!"

"……으~, 역시 부끄러워……."

"파이팅, 유메!"

"저, 정말 듣고 싶어……?"

"듣고 싶어, 듣고 싶어!"

나, 미나미 아카츠키는 유메를 정말 좋아한다.

가능만 하다면 24시간 같이 있고 싶다. 모든 여자애들이 선망하는 이 끝내주는 몸매를 항상 보고 싶다. 유메의 목소리를 기록한 데이터를 뇌에 다운로드해서 무한반복으로 듣고 싶다.

그런데도 불구하고— 내가 느낀 바를 솔직하게 고백할까 한다.

성가셔.

유메한테서 상의할 게 있다는 연락을 받은 게 오늘 아침의 일이다. 오래간만에 만나기로 해서 두근거리는 마음으로 준비한 후에 집을 나선 게 한 시간 전의 일이다. 그리고 패밀리 레스토랑에서 유메와 합류한 후, 「그런데, 상의할 게 뭐야?」 하고 웃으면서 물은 게 30분 전의 일이다.

"어떻게 할까~."

그 후로 30분 동안, 스토리가 원작을 따라잡은 애니메이션처럼 늘어지는 전개가 이어졌다.

유메가 귀여우니 30분 동안 웃으면서 버텼지, 다른 사람이었다면 세 번을 두들겨 팼을 것이다. 『어떻게 할까~』는 무슨. 네가 나를 불렀잖아. 남의 시간을 허비하고 있다는 걸 자각하고 있긴 한 걸까~?

하지만, 유메가 머뭇거리는 것도 이해는 됐다.

실은 유메가 뭘 상의하려는 건지, 나는 얼추 짐작이 됐다.

—그리고 그게 듣기 싫어서, 이렇게 늘어지는 전개를 용인하

고 있는 측면도 있었다. 그러니, 유메가 쉽게 말을 꺼내지 못하는 것도 자연스러운 일이었다.

어차피 연애 상담을 하려는 거잖아, 유메.

알아. 이리도를 이름으로 부르기 시작했는걸.

그걸 눈치챈 것은 며칠 전, 귀성 중인 유메한테서 LINE이 왔을 때였다. —그때부터 나는 서서히 각오를 다졌다.

빠르든 늦든, 이렇게 될 거라고 생각했다. 이리도를 농락하는 것에 실패했고, 나는 유메의 여친은 될 수 없으며, 히가시라 양은 친구 관계로 완전히 만족한 것 같다. 오히려 시간이 너무 걸렸다고 해도 될 정도다.

하지만…… 하지만 말이야. 그래. 나, 이런 포지션이구나. 그래~.

냉정하게 상담 상대가 되어줄 수 있을지 불안했다. 차라리 유메가 이대로 말을 꺼내지 말아준다면—.

"—저기 말이야."

그런 내 생각을, 결의에 찬 유메의 표정이 단칼에 베어 넘겼다.

"실은—."

드디어 이 순간이 찾아왔다.

솔직히 말해, 질투심 때문에 토할 것 같지만, 겉으로 드러낼 수는 없다. 유메를 빼앗긴 것은 충격을 받을 만큼 아쉽지만, 그렇다고 절교를 당한 것은 아니다. 무엇보다 유메가 우는 모습을 보고 싶지는 않다.

온 힘을 다해 도와주자.

그렇게 결의한 나는 유메의 고백을—.

"—히가시라 양이, 미즈토의 여친이 되어버렸어."

"……."

어?

어어???

머릿속이 새하얗게 된 채, 눈만 쉴 새 없이 껌뻑거렸다. 그런 나를, 유메가 이상하다는 듯 쳐다보더니…….

"어? ……앗, 미안해. 설명이 부족했어."

귀엽게 손을 흔들면서, 다시 이야기했다.

"히가시라 양이 미즈토의 여친이라고, 우리 친척 전원과 히가시라 양의 어머니가 오해했어."

아~, 뭐야~. 오해구나. 친척 전원과, 히가시라 양의 어머니가? 흐음~.

……아니, 대체 왜?

"어이가 없네."

히가시라 이사나 완전 승리 사건에 관해 들은 나는 어처구니가 없어서 헛웃음을 흘릴 수밖에 없었다.

"그 애, 대체 뭐야? 왜 우리가 협력해줬을 때보다 일이 잘 풀린 건데? 물욕 센서야?"

"우리가 엄마의 오해를 풀지 않고 놔둔 것도 실수였어……. 여친이라고 여겨진다고 해서 문제가 될 건 없고, 설명하기 귀찮다고……. 하지만 설마 그런 상황에서 히가시라 양의 집에 갈 줄은 몰랐어……!"

"그건 또 무슨 소리야? 이리도는 역시 걔한테 마음이 있었던 거 아냐? 좋아하지도 않는 애와 사귄다는 오해를 받으면, 부정을 하는 게 보통이잖아."

"……역시, 그렇지……?"

"앗! 보, 보통은 그렇단 거야! 보통은! 이리도가 어떤지 내가 어떻게 알겠어!"

유메가 풀이 죽자, 나는 허둥지둥 그렇게 말했다. 이렇게 티를 낼 거면 그냥 솔직하게 말해줬으면 좋겠거든?!

"오해가 점점 퍼져나가면서 기정사실이 되어가니 성가시겠지만, 결국은 당사자들의 마음에 달린 문제 아냐? 당사자들이 신경 쓰지 않는다면, 오해를 받더라도 실질적인 피해는 없을 거야."

"그건 그렇지만……."

"유메는 어떻게 하고 싶어?"

"나는……."

표정이 흐려진 유메는 오렌지 주스가 담긴 컵을 손가락으로 매만졌다.

“그냥 뭐라도 해야 할 것 같아서 초조하긴 한데…… 뭘 어쩌면 좋을지, 전혀 모르겠어…….”

“으음~.”

어렵네.

실질적인 피해가 없다고 말하긴 했지만, 유메한테 있어서는 큰 문제일 것이다. 만약 유메의 사랑이 이뤄지더라도 히가시라 양과의 오해가 풀리지 않는다면, 이리도는 친척 사이에서 『양다리를 걸친 데다 가족까지 건드린 남자』로 여겨질 것이다.

하지만, 오해를 풀기 위해서는 당사자들이 진짜로 그런 사이가 되지 않는 수밖에 없고…….

“……하아. 원망할 거야, 이리도…….”

“뭐?”

“유메, 오해는 서서히 풀어나갈 수밖에 없어. 지금 바로 어떻게 할 수 있는 것도 아니니까, 우선 그 두 사람을― 하다못해 이리도만이라도, 그런 마음이 들게 하는 거야.”

“『그런 마음』이라니?”

“계속 오해받는 건 좀 그러네~ 하고 생각하게 하는 거지. 즉―.”

나는 유메의 얼굴을 손가락으로 가리켰다.

“유메와 같은 마음이 들게 하면 돼.”

“……뭐?”

유메는 10초 동안 눈만 껌뻑거리며 꼼짝도 하지 않았다.

“나와…… 같은, 마음?”

“응.”

“그, 그, 그게, 저기, 무슨……?”

나는 씨익 웃었다.

“그건, 유메가 가장 잘 알잖아.”

유메는 점점 얼굴을 붉히더니, 테이블에 넙죽 엎드렸다.

“……으으으~~!”

“그렇게 당황하지 않아도 돼. 아무한테도 말 안 할게.”

“어, 어떻게……? 어떻게 안 거야……?”

“유메는 참 알기 쉽거든.”

“거짓말……!”

아아~, 정말 귀엽네~~!!

유메의 이런 모습을 보게 해준 점에 있어선 만큼은, 이리도에게 고마워해도 괜찮을 것 같았다.

“그건 그렇고, 시골에서 무슨 일이 있었던 거야? 가기 전과는 딴판이잖아.”

“그렇게 변했어……?”

“딱 봐도 알 정도야.”

“딱히…….”

유메는 몸을 일으키더니, 긴 머리카락을 괜히 쓸어 넘겼다.

“별일은 없었는데…….”

“그럴 리가 없어~.”

“어~, 하지만, 그게…… 으음, 저기, 다른 사람한테는 이야기 안 할 거지? 우리 둘만의 비밀이야.”

앗, 긁어 부스럼이 됐다.

나는 바로 눈치챘다.

내키지 않는 태도를 보이고 있지만, 이야기하고 싶어 어쩔 줄을 모르는 거다. 남한테 자랑하고 싶어 죽겠나 보다. 그리고 나는 지금, 유메가 『자랑을 들어주는 유일한 친구』로 분류됐다.

통한의 미스였다.

그 사실을 눈치챘을 때, 이미 이야기는 시작됐다.

“실은―.”

“―그러면서 그 녀석, 표정은 태연한데 심장은 쿵쾅거리고 있지 뭐야! 항상 내 몸매 가지고 놀려대면서 말이지!”

“꺄아~!”

유메는 재미있다는 듯 환성을 질렀다.

아~, 개운해라! 그 가짜 경박남의 꼴사나운 면을 폭로하니 속 시원하네!

……어라? 유메의 이야기를 듣고 있었는데, 왜 내가 이야기를 하고 있는 거지?

"다른 건? 다른 건? 카와나미와 다른 일은 더 없었어?"

"뭐~? 딱히 별일 없었거든~?"

"에이, 아니잖아~?"

"으음~, 글쎄~."

유메와 함께 싱글벙글 웃으면서 기억을 뒤지던 나는 퍼뜩 정신을 차렸다.

"……자, 잠깐만! 이건 여름방학 때의 추억을 이야기하는 자리가 아니잖아?!"

"어? 그랬어?"

"이리도가 오해를 풀고 싶어지게 만들자는 이야기를 나누고 있었잖아!"

"……앗. 맞아. 너무 즐거워서 그만……."

확실히 즐겁긴 해. 나도 친구와 연애 이야기를 나눌 기회—아, 내가 말한 건 연애 이야기가 아냐!

"구체적으로 어떻게 할지를 이야기하고 있었잖아."

"어쩌면 좋을까……?"

"일단 화해부터 해. 유메는 부끄러운 나머지 심한 말을 해 버렸지? 그 후로도 매몰찬 태도를 보이고 있잖아?"

"윽……."

시골 축제에서 키스를 했다는 이야기를 들었을 때도 죽을 뻔했지만, 그 이유를 캐묻는 이리도에게 무심코 거짓말을 했단 이야기를 들었을 때는 다른 의미에서 죽고 싶어졌다. 왜 그렇게 어설픈 거야! 그런 면도 귀엽지만! 이리도도 이리도야! 왜 눈치를 못 채는 거야! 키스를 하는 이유라면 하나뿐이잖아!

"화해를 하더라도…… 어떻게 해야……."

"어렵게 생각할 필요 없어. 내 생각에 이리도는 의외로 쉬운 남자야!"

"그럴까……."

"틀림없어. 좀 챙겨주기만 하면 확 넘어올 거야. 구체적으로 뭘 어쩌면 될지는 나보다 유메가 더 잘 알지 않아?"

"내가?"

"몇 달이나 한집에서 살았으니까, 거리가 좁혀질 만한 이벤트가 몇 번은 일어났지 않아? 그중에서 이리도와의 거리를 가장 좁혀준 건 뭐였어?"

"가장…… 거리를……."

유메는 내가 한 말을 되풀이해서 중얼거렸다.

하아, 왜 하필 나를 상담 상대로 뽑은 걸까. 유메가 히가시라 양의 고백을 서포트해주면서 어떤 심정이었는지 알 것만 같았다. 잘 풀리기를 바라면서도, 잘 풀리지 않았으면 하는…….

"……아."

"어. 생각났어?"

"……으음."

유메는 자신 없다는 듯 눈을 돌리더니…….

"저기…… 저기 말이야? 동거를 시작하고 얼마 지나지 않았을 즈음에, 처음으로 단둘이 집을 보게 됐는데—."

나는 피를 토하는 걸 겨우겨우 참았다.

"휴우~."

나는 물방울이 맺힌 욕실 천장을 올려다보며 한숨을 내쉬었다.

유메, 열심히 하고 있을까…….

물에 입까지 담근 채, 부글부글 거품을 냈다. 어~째서 나는 그런 조언을 한 걸까~. 굳이 따지자면 이리도는 적이잖아. 4월에 프러포즈를 했을 때가 그립네.

지금 유메가 이리도에게 뭘 하고 있을지 생각하니, 속이 부글부글 끓었다. 하지만 그와 동시에, 잘되었으면 싶기도 했다. 한마디로 표현할 수 없는 복잡한 감정이 가슴속에서 소용돌이치고 있다.

나는…… 딱히, 유메와 연인 사이가 되고 싶은 건 아니다.

만약 고백을 받는다면 기쁜 마음으로 사귈 것이다. 그건 얼마든지 웰컴이지만, 그런 감정보다 앞서는 것이 있다.

그것은 아마도, ……부럽다, 는 감정이리라.

가족이라는 존재가— 쭉 함께 있어 주는 누군가가 있다는 것이, 어딘가 부러웠다. 그것을 조금만, 나에게 나눠줬으면 했다. 그래서, 이리도와 결혼하면 되잖아, 라는 식으로 생각하고 말았다.

당시에는, 얽매여 있었다. 중학생 때 했던, 치명적인 실패에 말이다.

그것을 한시라도 빨리 되찾아야만 한다는 심정이 눈곱만큼도 없었다고 말한다면…… 그건, 거짓말이 되지 않을까…….

하지만, 지금은—.

"—이봐. 언제까지 들어가 있을 거야?"

"지금 나가~! 되게 시끄럽네."

코~의 말에 답한 나는 첨벙 하는 소리를 내며 욕조에서 몸을 일으켰다.

좀 느긋하게 있게 해줘도 되잖아. 아무리 여기가 네 집이라도 말이야. 서로가 혼자 있는 날에 욕조 물을 준비하는 게 귀찮다는 이유를 대며 교대로 서로의 집에서 같이 목욕하고 있으니까, 피차일반 아냐?

뭐, 이런 식의 협력도 한 달 전까지는 거의 하지 않았다. —그 공부 합숙 이후로, 우리는 옛날 관계로 서서히 돌아가고 있는 걸지도 모른다. 하지만, 그 녀석의 호의 알레르기는 여전한 것 같고…….

"으음~."

탈의실에서 몸을 닦고 있을 때, 퍼뜩 이런 생각이 들었다.

"그 녀석…… 지금은, 어느 정도까지 괜찮은 걸까?"

◆ 이리도 유메 ◆

탈의실에서 몸을 다 닦은 후, 몸에 두른 목욕 수건을 동여맸다.

"……좋아."

아카츠키 양과 상의한 덕분에 나는 생각났다.

이제 다섯 달이 되려고 하는 동거 생활 중에서, 내가 그 남자와 가장 밀착했던 건 언제였나.

축제에서 키스했을 때? 아니다!

그것은 바로 동거 생활이 시작되고 얼마 되지 않았을 때—내가 그 남자를 놀려줄 생각으로 목욕 수건만 걸친 채 거실에 나선 적이 있었다. 그때, 우리는 어떻게 됐던가!

—아…… 안 돼…… 룰…….

—오늘은, 내가 진 걸로 해.

"으~~~~~~!!"

나는 거울 앞에서 얼굴을 손으로 감쌌다.

떠올리기만 해도 얼굴이 벌겋게 달아오르는 기억이었다.

그것도 그럴게, 5초 전이었단 말이야. 만약 그때, 어른들이 귀가하지 않았다면, 우리는, 완전히— 이래서 사춘기는 문제라니깐! 헤어지고 한 달도 지나지 않았는데, 성욕에 휩쓸려서……!

하지만, ……이번에는, 그 사춘기에 의지하기로 했다.

히가시라 양과의 오해는, 미즈토 본인이 풀 수밖에 없다. 그러기 위해선, 내가 미즈토를 유혹하는 게 최선이다. 그리고, 남자애를 유혹하려면 어떻게 해야 할까—.

그야 물론 미인계를 써야 한다.

단순한 논리다.

사전 준비는 완벽하게 마쳤다. 마치 하늘이 도와주는 것처럼, 엄마와 미네아키 아저씨한테 귀가가 늦어질 거란 연락이 왔다. 일전의 실패를 고려해, 오후 열 시경에 돌아올 거란 언질도 받았다.

그때까지 모든 미션을 컴플리트한 후, 아슬아슬한 타이밍에 이탈한다.

이름하여 피 말리기 작전.

……겨, 결코, 어른의 계단을 오를 용기가 없는 게 아냐. 시간상으로 그게 한계라고 판단했을 뿐이거든? 응, 진짜로 그런 거야.

—시작하자!

나는 힘찬 발걸음으로, 목욕 수건만 걸친 채 탈의실을 나섰다. 거실은 조용했지만, 아까 미즈토는 소파에서 책을 읽고 있었다. 아직 그곳에 있을 것이다.

거실의 문이 열리자, 예상대로 소파 너머로 미즈토의 뒷모습이 보였다.

나는 말했다.

"다 씻었어."

"응."

미즈토는 짤막하게 답한 후, 나를 힐끔 쳐다보았다.

어때?

일전에 미즈토는 마시던 차를 그대로 뿜었—.

"좀 이따 씻을게."

태연한 어조로 그렇게 말한 미즈토는 다시 책을 쳐다봤다.

……어, 어라~?

눈치 못 챈 걸까? 힐끗 쳐다보기만 해서 내가 어떤 차림인지 눈치 못 챈 걸까?

"……휴우~. 더워라~."

나는 그렇게 말하면서 미즈토의 시야에 들어가기 위해 소파에 앉았다.

어때! 잘 보이지? 허벅지까지 훤히 보이거든?!

나는 보란 듯이 다리를 꼬았다.

하지만, 미즈토의 시선은 책에서 떨어지지 않았다.

이, 이 자식이……! 그렇다면!

나는 테이블에 놓인 차가 담긴 병을 향해 손을 뻗—는 척을 하며, 가슴 언저리가 미즈토의 눈에 들어가게 했다. 이러면 쳐다보겠지? 전에 내 브래지어를 훔쳤을 정도로 내 가슴에 관심이 있는 이 남자라면……!

"……."

미즈토가 나를 힐끔 쳐다봤다.

봤어! 거봐, 이 내숭 색—.

"자."

미즈토는 내가 잡으려고 하던 병을, 내 쪽으로 밀어줬다.

내 손이 병에 닿았다.

"……고, 고마워……."

쪼르르르륵…….

이제 컵에 차를 따르는 것 말고는 할 수 있는 게 없었다.

미즈토는 다시 책을 향해 시선을 돌렸다.

—어떻게 된 거야?!

전에는……! 전에는 그렇게 의식했으면서! 힐끔힐끔 쳐다봤으면서! 이번에는 완전히 무시하잖아! 좀 쳐다봐! 꽤 부끄럽단 말이야!

……지, 진정해……. 일단 진정하는 거야. 차를 벌컥벌컥 마시며 머리를 식히자.

예전의 나는 이 정도가 한계였지만, 이번에는 이 정도로 끝낼 수 없다.

작전이 있다.

미즈토가 끝까지 나를 무시한다면, 쳐다볼 수밖에 없는 상황으로 만들면 된다!

"……저기."

말을 건네자, 미즈토는 「응?」 하고 대답했다.

"내…… 머리카락, 좀 말려주지 않겠어?"

◆ 미나미 아카츠키 ◆

"하아. 머리카락 정도는 직접 말리라고."

"너무 그러지 마~. 남자는 머리가 짧아서 금방 말리지? 그러니까 좀 도와줘~."

코~가 드라이기의 스위치를 켜자, 부오오~ 하며 뿜어진 온풍이 내 머리카락을 매만졌다.

목욕 수건 한 장만 걸친 나는 소파에 앉아서 그 바람에 머리를 맡겼다. 그러자 코~의 손가락이 내 머리카락을 매만졌다. 손놀림이 거칠었다. 하지만 미용실에 갈 때 말고는 남이 내 머리를 말려주는 일이 거의 없는 만큼, 꽤 기분 좋았다.

"인마, 옷이라도 입어. 여기는 네 집이 아니잖아."

"더우니까 어쩔 수 없잖아. 뭐야? 혹시 신경 쓰여?"

"그래. 수건이 흘러내리지 않을까 싶어서 말이지. 걸릴 곳이 없으니— 커억!"

등 뒤에 있는 코~의 옆구리에 팔꿈치를 꽂았다. 나는 소파에 옆으로 앉아서 발을 뻗고 있었고, 코~는 그런 내 뒤편에서 몸을 비튼 채로 내 머리에 드라이기를 대고 있었다. 옛날에는 코~가 소파 위에서 무릎을 세우고 서야 했지만, 지금은 그가 나보다 몸집이 훨씬 크기 때문에 평범하게 앉기만 해도 충분히 머리카락을 만질 수 있었다.

뒤편으로 몸을 쓰러뜨리면, 그대로 코~의 무릎을 벨 수 있겠네. 어떤 반응을 보일지 궁금하긴 하지만, 머리카락이 마를 때까지는 참자.

나는 따뜻한 바람을 쐬면서, 목욕 수건 아래로 뻗은 내 허벅지를 쳐다봤다.

확실히 나는 땅딸보에 가슴도 절벽 그 자체지만, 각선미만큼은 자신이 있다. 이 허벅지를 보면, 성가신 병에 걸린 이 소꿉친구도 조금은 흥분할지도 모른다.

전부터 궁금했다.

이 녀석의 호의 알레르기는 어디까지 세이프이고, 어디부터 아웃인 걸까. 내가 좋아해 좋아해 분위기를 마구 뿜어대는 건 당연히 아웃이겠지만, 무의식적으로 성적 흥분을 느끼게 만들거나 은근슬쩍 유혹을 할 경우에는 어떻게 될까.

성욕이 없지는 않은 것 같거든~. 풀장에 같이 갔을 때도 가슴이 엄청나게 뛰었잖아.

우연한 팬티 노출 같은 건 아마 세이프겠지만, 우연을 가장한 확신범의 범행일 경우, 이 녀석의 알레르기는 그것을 간파할 수 있을까.

실험해보고 싶어졌다. 앞으로 이 녀석과 어울리기 위해서는, 그 경계선이 어디쯤인지는 중요한 정보다.

결코, 오래간만에 여자 대접을 받고 싶은 건 아니다. 결단코 아니다.

만약 우연을 가장한 유혹이 세이프라면, 마구 흥분시킨 후에 이 녀석이 혼자 있지 못 하게 한다는 식으로 괴롭히는 것도 가능할 거라고 생각한다. 만약 참다못해 나한테 허튼 짓을 하려고 하더라도, 나도 마음이 있는 척 행동하면 알아서 자멸할 것이다. 쉬운 일이다.

"저기~."

나는 손을 등 뒤로 가져가며 고개를 돌려서, 뒤편에 있는 코~를 올려다보았다. 거리가 좀 가까워지자, 목욕 수건만 걸친 몸이 무방비해졌다.

"2학기 초에 문화제를 하잖아? 어떤 걸 하는지 알아~?"

무릎을 안으며 앉듯이 허벅지를 들어 올렸다. 목욕 수건 안쪽이 보일락 말락 하는 느낌으로 말이다.

참고로 말하자면, 목욕 수건 안에는 아무것도 입지 않았다.

이제 와서 이 녀석한테 알몸을 보여줘도 전혀 대미지를 입지 않거든. 뭐, 부끄럽지 않은 건 아니지만 말이야. ……그리고 이 녀석이라면 알몸보다는 뭘 걸친 편이 에로틱하다고 말할 것 같아.

코~는 내 눈을 쳐다보며 말했다.

"글쎄. 엄청 자율적이라는 이야기는 들은 적 있어."

"음식 관련도 괜찮다며? 메이드 카페를 할까~."

"문화제에서 메이드 카페를 하는 건 만화에서나 일어나는 일 아니냐고— 하고 말하고 싶지만, 작년에 실제로 한 반이 있다는 것 같거든……."

"머리 좋은 학교일수록 문화제 때 난리를 피운다는 이미지가 있긴 해~."

느긋하게 이야기를 나누는 척하면서, 나는 코~의 시선을 한순간도 놓치지 않았다.

이미 세 번이나, 내 허벅지를 힐끔힐끔 쳐다봤다. 『저쪽은 쳐다보지 말아야지』 하고 신경 쓰는 바람에 더 티가 나는 느낌이다.

흐음~.

역시, 일부러 이러는 게 티 나지 않으면 괜찮은 거구나?

그리고 이 녀석은 아직도 나를 그런 눈길로 보는구나. 흐음~.

그럼…….

"유메는 뭐가 어울릴까~. 노출도가 상당한 건 입히고 싶지 않네~."

대화를 이어가면서, 영차~ 하며 엉덩이를 옮겼다. 꼬리뼈 언저리가 코~의 골반에 닿았다.

"당연하지. 이리도 앞에서만 그런다면 몰라도 말이야."

머리카락을 말려주는 코~의 손가락이 내 두피에 닿았다. 아까보다도 손길이 상냥해진 느낌이 들었다.

"진짜 커플충이라니깐. 다른 학년이나 외부인이 얼마나 올지 모르지만, 헌팅을 조심해야겠네."

"그래. 너도 주의하라고."

"뭐? 무슨 소리야? 나도 헌팅을 조심하란 거야?"

"아니, 너는 평화롭기 그지없을 테니까, 그만큼 이리도 양을 지키란 의미야."

"야, 인마. 나도 헌팅 당하거든? 세상에는 로리콤도 있단 말이야."

"로리라는 걸 인정하지 말라고."

코~가 내 왼쪽 귀를 손가락으로 매만지자, 신음을 흘릴 뻔했다. ……거봐, 여기에도 로리콤이 있잖아.

머리카락을 말려주면서 내 머리 뒤편을 마사지하듯 엄지로 쓰다듬더니, 그대로 내 귓불도 주물렀다. 뭐 대신에 주무르는 거려나~? 진짜로는 다른 곳을 만지고 싶은 거 아냐~?

"—앗."

서비스 삼아 슬며시 목소리를 내주자, 그의 손가락이 내 귀에서 떨어졌다. 후훗, 재미있어.

"……이 정도면 됐겠지."

코~가 드라이기를 껐다. 이 정도가 한계 같았다.

여러모로 참고가 됐다. 앞으로 놀릴 때는 들키지 않도록 은근슬쩍—.

"이봐."

"히익?!"

낮은 목소리가 귓가를 간지럽히자, 나는 흠칫했다.

"로리콤이 말을 건다는 게 진짜면, 너도 조심해."

"왜…… 왜 정색하는 건데? 농담이야……."

"그럼 됐어."

흣, 하고 코웃음을 치더니—.

—갑자기, 내 귀에 숨결을 불어 넣었다.

"(헌팅 대비 삼아, 키스 마크라도 새겨줄까?)"

설레는 감각이, 목덜미를 타고 올라왔다.

귀에 닿던 옅은 숨결이, 서서히 아래편으로 내려갔다. 볼, 목덜미, 쇄골—.

"바……! 바보 아냐?!"

나는 허둥지둥 코~한테서 떨어지며 뒤돌아봤다.

"그, 그런 걸 새겼다간, 헌팅 이전에 학교에도 못 갈 거 아냐!"

내가 숨결이 닿았던 목덜미를 손으로 감싸자, 코~는 그 모습을 보며 히죽히죽 웃었다.

"왜 정색하는 거야. 농담이거든?"

"뭐…… 뭐어?"

"중학생 때, 네가 나한테 키스 마크를 새겨줬던 게 생각나지 뭐야. 그때는 큰일이었어. 옷깃을 세워서 숨겨도 봤고, 진짜 눈물 나는 노력을 기울였거든. 그 바람에 더 티가 났지 뭐야."

……그러고 보니, 그런 적이 있었던 것도 같았다.

키스 마크라는 게 진짜로 새겨지는 거구나~ 하며 텐션이 상승했던 나는 이걸 새겨두면 나쁜 벌레가 코~한테 꼬이지 않을 거라고 생각했다.

"이참에 복수할까 했는데, 여름 방학이라 의미가 없네. 하하!"

……정말이야?

실은, 흥분해서 키스하고 싶었던 거 아냐? 내 목덜미가 맛있어 보인 거 아냐?

뭐, 그럴 리가 없다. 본인이 농담이라고 말했으니 말이다.

……이건…….

나는, 문뜩 눈치챘다. 무시무시한, 가능성을…….

만약 코~가 그렇고 그런 짓을 할 마음이 들어서, 나에게 애정 표현을 하더라도—.

나는 예의 알레르기 때문에, 마음이 없는 척을 해야만 하는 건…….

…………………….

그…… 그건, 지옥이야…….

부오오~ 하고 드라이기에서 뿜어진 온풍이, 내 머리카락을 쓰다듬었다.

"왜 내가 말려줘야 하는 건데……."

"워, 워낙 길어서 힘들거든. 때로는 남한테 부탁해도 괜찮지 않겠어?"

미즈토는 가는 손가락으로 머리카락을 누르거나 쓸어 넘겼다. 머라카락에 촉각이 있는 것도 아닌데, 괜히 가슴이 뛰었다. 그 손길이 말투와 달리 상냥했기에 더 그랬다.

하아, 정말. 내가 가슴이 뛰면 어쩌냔 말이야! 상대방이 의식하게 만들어야 한단 말이야!

아카츠키 양의 말에 따르면, 아무리 태연한 척을 하더라도 무방비하게 등을 보여주면 시선이 엉큼해진다—고 한다. 아까는 시야에 들어가지도 않는 것 같았지만, 내 사각지대에 위치한 이 상황에서라면, 목덜미나 어깨 혹은 가슴 등을 슬쩍 쳐다볼 것이다……! 그 순간을 포착한다면, 정신적으로 유리해질 게 틀림없다.

나는 은근슬쩍, 뒤편에 있는 미즈토를 쳐다봤다.

그의 눈은 내 머리카락만을 응시하고 있었다.

태연해 보였으며, 내 속살을 봐도 전혀 가슴이 뛰지 않는 것 같았다.

……속이 부글부글 끓기 시작했다.

내가 이렇게 익숙하지 않은 짓을 하는데, 왜 반응을 보이지 않는 건데! 내가 부자연스러운 짓을 하고 있다는 건 눈치챘을 거 아냐! 얼마 전만 해도 이렇게 둔감하지는 않았잖아?!

이렇게 되면……!

나는 목욕 수건의 매듭을 살짝 느슨하게 만들었다.

벗으려는 건 아니다. 벗으려는 건……. 아주 약간, 느슨하게 했을 뿐이다. 자연스럽게 흐트러진 것처럼 보여주려는 것뿐…….

몸과 목욕 수건 사이에, 아주 약간의 여유가 생겼다. 그 상태에서 목욕 수건에서 손을 뗀 나는 무방비하게 스마트폰을 만지작거렸다.

자, 자아…… 보일 것 같지? 신경 쓰이지? 의식할 수밖에 없지?

미즈토의 손길은 흐트러지지 않았다.

하지만— 손에 쥔 스마트폰의 전면 카메라를 켰다.

그 순간, 내 얼굴 뒤편에 비친 미즈토가 눈길을 돌리는 모습이 화면에 비쳤다.

봤어, 봤어, 봤어!

텐션이 상승한 나는 내심 의기양양해졌다. 내가 이겼어! 이 내숭 색골! 그렇게 신경이 쓰이면 처음부터 쳐다봤으면 됐잖아!

자만했다.

옛날부터 사람들은 말했다. 이겼다고 방심하지 말라, 하고 말이다. ―이 경우, 나는 목욕 수건을 다시 동여맸어야 했다.

스륵…….

갑자기, 가슴 아랫부분이 해방감에 휩싸였다.

"……어?"

펄럭, 하며 목욕 수건이 소파 위로 흘러내렸다.

목욕 수건에 가려져 있던 내 몸이, LED 전등 아래에서 훤히 드러났다.

그렇다.

이제 막 목욕을 해서, 희미하게 달아오른 속살과―.

―잘 때 입는 쇼트 팬츠, 그리고 어깨끈이 없는 타입의 브래지어가, 말이다.

"……어?"

"……읏!!"

나는 아무 말 없이, 허둥지둥 목욕 수건을 들어 올렸다.

드…… 들켰어.

속옷 차림을 보여주고 느낀 부끄러움보다도, 다른 문제에 의한 거북함 때문에 식은땀이 삐질삐질 났다.

그렇다. ―내가, 이 사태를 걱정해서 보험을 들어뒀다는 사실이 들통났다.

의도적으로 유혹하려 했다는 사실이, 들통났다.

"……아하. 아하, 아하, 아하……."

미즈토는 드라이기를 멈췄다.

서늘한 목소리로, 내 등을 향해 말을 토했다.

"안이한걸."

"으윽."

"전에 나한테 먹힌 것 같았던 짓을 답습한 거구나. 나한테 같은 수작이 두 번이나 먹힐 거라고 생각했어?"

"으으윽……!"

"나를 놀리고 싶은 건지, 예의 룰에 따라 명령을 하고 싶은 건지 모르겠지만, 유혹할 작정이라면 좀 제대로 해. 긴장감이 느껴져서 신경을 써주고 말았잖아."

"으으으윽……!"

이, 이건…… 사정이……!

대미지가 너무 커서 반론도 하지 못하자…….

"—이봐, 유메."

아직 귀에 익지 않은 호칭이, 내 몸 깊은 곳으로 스며들었다.

"나는 히가시라와 어울린 덕분에, 감정을 숨기는 게 능숙해졌어."

심장이 철렁했다.

그, 그 말은…… 그렇다면, 이제까지도, 시야에 들어오지 않았던 게 아니라…….

"히가시라한테 항상 하는 말을, 너한테도 해두겠어."

평소보다 낮은 목소리가, 귀로 스며들어와서 뇌를 꿰뚫었다.

"—나도, 남자야."

"히익."

아…… 방금…… 하아아…… 그 목소리가, 목소리가…… 머릿속에 남아……!

"그럼 나는 씻으러 갈 테니까, 감기 걸리기 전에 옷 입어."

평소의 모습으로 되돌아간 미즈토는 거실에서 나갔다.

그의 기척이 사라지자, 나는 그대로 소파에 털썩 드러누웠다.

……약았어어어~~~~~~!!

『나도 남자야』는 약은 거 아냐~~~~?! 금지! 범죄야!!

일부러 이러는 거야? 복수? 내가 유혹해서? 그럼 너무 심술궂은 거 아냐?! 으으, 정말~~!! 이러니 히가시라 양한테도 사랑받는 거야!! 감정을 숨기지 못했다면, 대체 나한테 무슨 짓을 했을 건데~~~~~~?!

결국 엄마가 돌아올 때까지, 나는 소파 위를 계속 굴러다녔다.

◆ 미나미 아카츠키 ◆

"그럼 잘 가."

평범하게 돌려보냈다.

사귀던 시절이었다면 그대로 자고 갔겠지만, 평범하게 돌려보냈다. 뭐, 바로 옆집에 살고 있으니 당연하겠지만 말이다.

집으로 돌아온 나는 그대로 침대에 털썩! 드러누웠다.

……그 녀석의 요상한 알레르기는 대체 어떻게 해야 고칠 수 있을까.

원인인 내가 이렇게 갱생했으니, 나아도 괜찮을 것 같은데 말이다.

뭐, 낫든 말든 지금의 나와는 상관없다. 그래도 괜히 착각한 바람에 괜히 몸이 나빠지기라도 한다면 성가실 것이다.

……그러고 보니, 유메는 어떻게 되어가고 있을까.

일이 어마어마하게 잘 풀렸다면, 지금쯤 이리도와…….

"……."

방해해야지.

전화벨 소리로 찬물 끼얹어야지.

나는 스마트폰을 들고 유메에게 전화를 걸었다. 무시당하거나 바로 끊어버린다면 충격을 받을 것 같다는 생각을 하고 있을 때, 전화가 연결됐다.

『여보세요~.』

"아, 여보세요. 유메? 통화 괜찮아~"

『응. 괜찮아.』

당황한 기색은 없다. 아무래도 혼자인 것 같다. 좀 안심이 됐다.

“어떻게 됐어~? 피 말리기 작전의 결과를 알려줘!”

『어~? 그게, 으음…… 에헤헤.』

……어라라?

이 멋쩍은 웃음…… 떨떠름한 말투…… 『질문해주세요』 같은 분위기…….

혹시…… 이미, 거사를 치른 후인가……?

“자…… 잘 풀렸, 어?”

『으음…… 그렇다고 할 수, 있을까?』

“어? 어? 무슨 소리야?”

『에헤헤.』

그러니까 무슨 소리냔 말이야!

설명! 설명 플리즈! 의미심장한 웃음 좀 그만 흘려!

『저기……「나도 남자야」란 말을 들었어.』

“뭐?”

그게 다야?

한순간 그런 생각이 들었지만…… 어어?!

『저기, 실은, 전혀 안 먹히고…… 일부러 그러는 걸 들켰는데…… 하지만, 저기, 그게 말이야? 안 먹힌 게 아니라, 숨기는 게 능숙해졌을 뿐이라면서…… 나도 남자니까 조심하라고 하지 뭐야!』

“어…… 엇?! 어엇~?! 정말이야?!”

상상을 해보니, 가슴이 뛰었다.

어? 뭐야? 아이돌이 나오는 연애 영화의 예고편?

"이리도는 순정만화 캐릭터였어?"

『그렇지?! 그런 짓을 무의식적으로 하는 점이 참 무시무시해!』

"외모가 귀여우니 잘 어울릴 것 같아서 더 열받네……! 나는 무슨 말 들었을 것 같아?"

『뭐? 아카츠키 양도 했어? 카와나미한테?』

"아, 응. 뭐, 재미 삼아서 말이야. 아무튼, 내가 헌팅을 당할지도 모른다는 이야기가 나왔거든? 그러니까『헌팅 대비 삼아, 키스 마크라도 새겨줄까?』라지 뭐야! 완전 징그러워~!"

『어?! 좋지 않아?! 완전 좋지 않아?!』

"유메 양 기준으로는 굿인 거야?"

『사람에 따라 다르겠지만, 내 기준에서는 굿이야!』

"그렇구나. ……뭐, 나도 딱히 싫지는 않았어."

『솔직하지 못하네.』

"솔직하지 못한 건 그 녀석이야! 걔는 무슨 일이든 간에 웃으며 얼버무리려고 한다니깐!"

유메를 이리도에게 빼앗기는 건 분하다.

하필이면 유메가 그 일을 나와 상의하려 하는 것 자체는 지옥이나 다름없다.

하지만…… 유메가 나한테만 비밀을 이야기해준다면, 그것도 나름 괜찮을지도 모른다는 생각이 들었다.

소년소녀는 기념한다
"……셋이서 같이 찍으면, 안 될까요……?"

◆ 이리도 미즈토 ◆

여름방학이 끝을 향해 다가가자, 좋든 싫든 그날을 떠올리고 만다.

2년 전의, 8월 27일.

태어나서 처음으로 러브레터를 받았던 날.

아직 연애에 대해 다소 희망을 가지고 있던 시절의, 어리석으면서도 행복한 기억이다.

그리고 지금은 그와 동시에, 또 하나의 날을 떠올린다.

작년의, 8월 27일.

LINE에도 반응이 없던 그날, 나는 1년 전 같은 날의 일이 멀고도 그리운 추억이 되어 있다는 것을 깨달았다. 안타깝지도, 슬프지도 않았다. 그저 공허한 심정으로 미지근한 추억에 잠기는, 그런 날이 됐다는 것을 눈치챘다.

실은, 함께 축하하려 했다.

기념일이 될 거라고 여겼다.

하지만 우리는 너무나도 미숙했고, 1주년 기념일을 맞이할 자격마저 없었다.

그것을 인식했다는 의미에서 본다면, 나에게 8월 27일은 기념일이 아니라 기일(忌日)이라 할 수 있다.

사랑이라는 마음의 흔들림에서 벗어난 날.

내 안의 사랑이 죽은 날이다.

◆ 이리도 유메 ◆

8월 27일.

여름 방학의 끝과 함께, 그날이 코앞까지 다가왔다. 나는 스케줄 앱의 달력을 보며, 내 인생에서 가장 행복했던 추억과 가장 괴로웠던 추억을 동시에 떠올렸다.

재작년은 인생 첫 고백에 성공한 날이었고, 작년은 그것을 미련스레 추억할 뿐인 공허한 날이었다.

하지만, 올해는 다르다.

기적이 일어날 것을 기대할 뿐인 겁쟁이 여자는 사라졌다. 지금의 나는 공격이라는 개념을 안다. 누군가가 어떻게든 해줄 거라고 믿는 게 아니라, 직접 행동에 옮길 줄 아는 것이다.

2년 만의 기념일.

이것보다 좋은 기회는 없다. —집돌이인 그 남자를 밖으로 끌고 나가, 의붓남매라는 관계를 잊게 만드는 데 있어서,

이보다 좋은 기회는 없는 것이다!

"……어디가 좋을까……."

스마트폰으로 인터넷 브라우저를 열어서, 외출 — 아니, 더는 둘러대지 말자 — 데이트하기 좋은 장소를 찾았다. 전에 같이 수족관에 갔을 때는 꽤 즐거웠지만, 만약 내가 『같이 유원지에 가자!』라고 말해봤자 『뭐? 싫어』 하고 대꾸할 게 뻔했다. 미즈토가 다소 흥미를 가질 것 같으면서, 데이트도 가능한 장소…….

……그런데, 그날에 스케줄이 없긴 할까?

무심코 그 남자라면 1년 365일 스케줄이 공백 상태일 거라는 전제로 생각했지만, 그에게도 지금은 일정이나 약속이라는 것이 있다. 친구는 고사하고 지인이 있기는 할지 의심스럽던 중학생 시절과 다른 것이다. 거절당하는 상상을 하고서야, 거기까지 생각이 미쳤다.

우선 스케줄부터 확보해야 한다.

그렇게 생각한 나는 LINE을 켜서 미즈토와의 채팅방에 들어갔다.

밤에 볼일이 있을 때는 직접 쳐들어가지 않고 LINE을 이용하기로 우리는 약속했다. 그리고 일부러 방에 쳐들어가서 『8월 27일에 시간 있어?』 하고 물었다간, 내 속셈이 훤히 드러날 테고…….

문장을 잠시 생각해본 후…….

〈저기. 가까운 시일 내에 외출할 일 있어?〉

……좀 수상한가. 뭐, 됐어. 송신.

몇 초 후에 읽음 표시가 뜨더니, 곧 답장이 왔다.

〈있어〉

어?

움찔한 나는 머뭇거리며 또 문자를 입력했다.

〈언젠데?〉

〈27일〉

현기증에 가까운 감각이 엄습하고 있을 때, 미즈토에게서 또 메시지가 왔다.

〈히가시라가 영화를 보자고 했어〉

영화!

미즈토의 흥미를 적당히 끌면서, 데이트 느낌도 나는 장소……! 그 수법이 있었구나……!

무심코 탄사를 터뜨렸지만…… 그래. 선약이 있구나.

스케줄…… 비워주지는, 않겠지?

"그……래……."

슬프면서도, 쓸쓸한— 아아, 그래. 『안타깝다』는 감정은 이런 거구나.

이제 미즈토에게 있어서— 우리에게 있어서, 8월 27일은 기념일이 아니다.

당연한 이야기다. 이미 헤어졌는데, 사귀기 시작한 날을 축하한다는 게 말이 안 된다.

스케줄을 비워줄 의리 따위, 눈곱만큼도 없다.

이제 와서 인식한 사실을, 이제 와서 곱씹는데, 시간이 얼마나 걸렸을까.

그 사이, 나는 답장을 하지 않았다. 부자연스러운 침묵이 이어지는 사이, 내 심경이 미즈토에게 전해지고 만 것일지도 모른다.

이럴 때는 정말 눈치가 빠르다니깐.

〈스케줄을 비우는 편이 나을까?〉

그 메시지를 본 순간— 내 머리끝까지 피가 치솟았다.

〈왜 나한테 묻는 건데?〉

거의 자동적으로 손가락이 분노를 문자로 표현했다.

〈히가시라 양과 놀려고 스케줄을 잡은 거지? 네가 그렇게 결정한 거잖아? 그런데 내가 나중에 스케줄을 비워달라고 말하면 비워줄 거야? 그건 히가시라 양에게 실례 아냐?!〉

왜 이렇게 열받은 건지, 스스로도 알 수가 없었다.

하지만, 용서할 수 없었다. 현재진행형으로 사이좋게 지내는 친구와의 약속을, **일개 전 여친**을 위해 가볍게 여기는 것을— 미즈토가, 그런 남자가 되고 마는 것을…….

그렇다. ……미즈토가 배려한 것은 아야이 유메라는 전 여친이지, 내가 아니다.

일방적으로 장문의 메시지를 보내고 몇 분이 지난 후, 미즈토한테서 답장이 왔다.

〈그래. 미안해〉

심플한 메시지지만, 그 안에 깊은 반성이 담겨 있는 느낌이 들었다.

나는 하아, 하고 한숨을 내쉬면서 머리를 식혔다.

……아까운 짓을 한 걸까.

부탁한다면, 미즈토는 스케줄을 비워줬을지도 모른다. 실은 그럴 계획이었을지도 모른다. 기념일에 나와 데이트를 할 계획 말이다.

아니, ……그런 발상 자체가 겁쟁이의 사고방식이다.

과거의 나를 넘어서겠다고 맹세했다. 아야이 유메가 아니라 지금의 나를 좋아해줬으면 한다고 생각했다. 그렇다면, 옛날 기념일에 의지해서 어쩌자는 걸까.

미즈토가 기념일에 다른 스케줄을 잡은 건 기뻐할 일이다. ―그의 마음속에서, 과거의 나는 그렇게 강한 존재감을 지니고 있지 않다는 의미다.

……그것도 그것대로, 좀 분하지만 말이다.

"영화……."

정말 좋은 생각이네. 아니, 히가시라 양은 데이트라는 인식 자체가 없겠지만― 진짜로 보고 싶은 영화가 있을 뿐이겠지만 말이야.

그런데 그 두 사람은 데이트다운 데이트를 한 적이 있을까?

항상 함께 다니기는 하지만, 도서관에서 이야기를 나누거나 함께 하교하거나 서로의 집에서 같이 시간을 보내기만 했다. 어딘가에 같이 놀러 가는 느낌의 데이트는 한 적이 없지 않을까…….

나는 LINE으로 히가시라 양과의 채팅방에 들어갔다.

뭐, 첫 데이트잖아. 예전에 협력했던 사람으로서, 응원 정도는 해줘도 될 거야. 결코, 결코, 내가 완전히 따돌림을 당하고 있는 것 같아서 분한 게 아냐!

그런 변명을 하면서, 히가시라 양에게 메시지를 보냈다.

〈미즈토와 영화보러 간다며? 파이팅!〉

이 여유 좀 봐.

남친이 다른 여자애와 같이 있는 걸 보고 잔소리를 늘어놨던 망할 꼬맹이야. 보고 배우란 말이야.

히가시라 양은 잠시 후에…….

〈맞아요~〉

……하고, 답한 후—.

뒤이어 이런 메시지를 보냈다.

〈유메 양도 같이 갈래요?〉

"……."

에이~.

당사자들은 그럴 마음이 없더라도, 남의 첫 데이트에 따라가는 눈치 없는 짓을 할 리가—.

〈그럼 같이 갈까!〉

◆ 이리도 미즈토 ◆

나는 푸른 하늘을 올려다보았다.

작은 지붕이 만들어낸 그림자 아래. 눈앞을 차가 쉴 새 없이 가로지르고 있었다. 집 근처에 있는 버스 정류장의 벤치에, 나는 앉아있었다.

여기서 만나기로 한 것이다.

원래는 이럴 예정이 아니었다. 그냥 히가시라와 현지에서 합류할 예정이었다. 하지만, 갑자기 이 스케줄에 참가하기로 한 유메가 히가시라를 집으로 부르더니, 일방적으로 나를 밖으로 쫓아냈다.

진짜, 왜 저러는 걸까.

오늘이란 날의 의미는, 나도 기억하고 있다. 하지만, 나에게는 이날에 의미를 둘 이유가 없다. 그렇게 생각해서, 히가시라의 제안을 받아들였다.

하지만— 설마, 히가시라가 저 여자에게 같이 영화를 보러 가자고 할 줄이야.

게다가, 저 여자가 그 제안을 받아들일 줄이야.

듣자 하니, LINE으로 나와 저 여자가 이야기를 나눈 직후에 그런 일이 벌어졌다고 한다. 저 여자는 후안무치란 말을 모르는 걸까. 자기가 히가시라를 우선하라고 말했으면서 — 아니, 제안을 한 사람은 히가시라다. 그러나 나와 유메는 누구에게도 실례되는 짓을 하지 않았다.

그래도, 여자 두 명을 데리고 영화를 보러 간다니…….

한 사람은 친구, 한 사람은 가족이라고는 해도 반년 전까지는 상상도 못 했던 이벤트다.

뭐, 영화를 보러 가는 것뿐이다. 괜히 긴장할 필요는 없나.

"오래 기다렸지?"

그 목소리를 듣고 돌아보니, 두 여자애가 벤치에 앉아 있는 나를 내려다보고 있었다.

그중 한 사람— 유메는 웬일인지 바지 차림이었으며, 긴 흑발을 포니테일 스타일로 묶었다. 상의도 팔뚝이 드러날 정도로 소매가 짧은 옷이며, 평소보다 조금 어른스러워 보이는 복장이었다.

한편 히가시라는 전에 본 적이 있는 품이 낙낙한 녹색 상의와 베이지색 치마 차림이었으며, 판타지의 마을 아낙 같은 소박한 인상의 복장이었다. 요즘 들어 파카나 바지, 늘어난 티셔츠처럼 판타지의 판 자도 안 느껴지는 복장만 봐서 그런지, 이런 제대로 된 옷차림이 신선하게 느껴졌다.

평소보다 또렷해 보이는 히가시라의 눈과 반짝거리는 입술이 눈에 들어오자, 나는 마음속으로 납득했다.

"나를 쫓아낸 건, 히가시라의 패션 체크를 위해서였구나."

"맞아. 그냥 내버려 뒀다간 히가시라 양이 또 파카 차림으로 나타날 것 같았거든."

"괜찮잖아요~. 영화를 보는 것뿐이니까요."

"안 돼! 집에서의 옷차림까지 지적하지는 않겠지만, 외출할 때는 신경 좀 써!"

"귀찮단 말이에요……."

히가시라는 질렸다는 듯 고개를 푹 숙였다. 여자애는 고생이 많네, 하고 나는 동정했다. 히가시라도 남자로 태어났다면, 실내복과 외출복이 똑같아도 잔소리를 듣지 않을 텐데 말이다.

"저기."

남의 일이라 생각하며 쳐다보고 있을 때, 유메가 나를 째려봤다.

"할 말이 있지 않아?"

유메는 그렇게 말하며 히가시라의 등을 살며시 밀었다.

히가시라는 눈을 껌뻑이며 나를 쳐다봤다. 당황한 것 같았다. 나도 같은 심정이었다.

무슨 말을 해야 할지는, 얼추 짐작이 되는데…….

"이 옷의 감상이라면, 전에 말한 적이 있어."

"그래요. 이미 들었는데요?"

"오, 늘, 의! 히가시라 양에 대한 감상을 말하는 거야!"

오늘의~?

날씨와 기온도 아니고, 인간의 용모가 날에 따라 달라지는 걸까.

하지만 그런 소리를 해봤자 유메가 납득할 리가 없기에, 나는 어쩔 수 없이 히가시라에게 해줄 칭찬을 생각했다.

"평소의 파카 차림보다는 낫다고 생각해."

"좀 그럴듯한 말은 못 하는 거야?!"

"……에헤헤."

"히가시라 양, 그런 칭찬에 기뻐하면 안 돼! 너무 쉬운 애라니깐!"

이 녀석, 오늘은 평소보다 더 성가시네.

그렇게 생각하고 있을 때, 유메는 한숨을 내쉰 후에 나를 곁눈질했다.

"나는?"

"뭐?"

"나, 는?"

아차. 히가시라를 칭찬하라고 한 것은 이걸 위한 포석이었던 건가.

히가시라를 칭찬해놓고, 유메만 무시할 수는 없다…….

젠장, 이런 약아빠진 짓을…….

나는 평소보다 어른스러운 복장을 한 유메를 올려다보며, 무슨 말을 할지 생각했다.

"……헤어스타일."

"응?"

"포니테일은 본 적이 거의 없는 것 같아."

유메는 머리 뒤편으로 모아 묶은 머리카락을 살며시 만지며 말했다.

"아…… 그럴 거야. 평소에는 아카츠키 양과 겹치니까 안 하거든."

"그렇구나."

"……포니테일, 좋아해?"

그 주저 섞인 질문에, 나는 바로 답하지 못했다.

바로 답하기 어려운 질문이기도 했고, 왠지 이 대화의 흐름이—.

히가시라가 고개를 갸웃거리며 말했다.

"하루히[#2]?"

"……크큭."

나는 참다못해 웃음을 터뜨렸다.

"어? 뭐야?! 뭐 이상해?!"

"2000년대의 고전도 좀 접해둬. 크크큭."

"푸풉! 저도 포니테일 좋아해요. 목덜미가 에로틱하거든요~. 푸푸풉!"

"저기! 자기들만 알아듣는 이야기 좀 하지 말아줄래?!"

뭐, 반칙급—이라고 할 정도는 아니지만 확실히 어울리긴 해.

#2 하루히 카도카와 스니커 문고의 라이트노벨 『스즈미야 하루히 시리즈』의 주인공.

절대로, 본인에게 이야기해주지는 않겠지만 말이다.

버스가 왔기에, 우리는 차례차례 탔다.

"아, 뒷자리가 비었네요."

"가자."

먼저 탄 두 사람의 뒤를 따르며, 버스 뒷자리로 향했다.

아무도 없는 긴 좌석의 가장자리에 히가시라가 앉았다. 그리고 유메가 그 옆에 앉으려나 싶더니—.

"자, 여기 앉아."

히가시라와 한 칸 띄워서 앉은 후, 나에게 그 빈자리를 권했다.

왜 일부러 나를 가운데에…… 하고 생각했지만, 손바닥으로 좌석을 두드리며 재촉을 하니 무시할 수도 없었다. 나는 유메와 히가시라의 사이에 끼이듯 빈 좌석에 앉았다.

"오오~, 양손에 꽃이네요."

"후훗, 기뻐?"

"진짜 꽃은 꽃을 자칭하지 않을 거라고."

"미즈토 씨, 다리 꼬고 우쭐대는 표정 지어주세요. 그럼 제가 어깨에 기댈게요."

"이세계 하렘 라이트노벨의 표지를 재현하려고 하지 마."

"방금 그 말만으로 용케 눈치챘네……."

푸쉭~ 하면서 문이 닫히더니, 버스가 출발했다.

차가 덜커덩거리며 흔들리는 가운데, 히가시라는 내 너머에 있는 유메를 쳐다보았다.

"그러고 보니 유메 양은 오타쿠 관련 지식을 어느 정도 갖추고 있나요? 라이트노벨은 거의 안 본다고 들었는데, 만화도 전혀 보지 않나요?"

"완전 꽝일 거야. 우라조메 텐마의 대사나 알아듣거든."

"우라조메 텐마?"

"그런 탐정 캐릭터가 나오는 미스터리가 있어. 블루레이나 애니메이션 굿즈의 구입 자금을 벌려고 살인 사건을 추리하는 오타쿠 고등학생 탐정이야."

내가 보충 설명을 해주자, 히가시라는 「흐음~」 하고 신음을 흘리며 말했다.

"그런 작품도 있군요. 재미있을 것 같아요."

"그런 건 삽화가 없긴 해도, 라이트노벨과 감각적으로 그렇게 다르지 않을 거야."

"읽어볼래? 나, 그 시리즈를 좋아해."

"정말요? 미스터리는 그다지 읽어본 적이 없긴 해요."

유메와 히가시라는 이야기를 나누면서 상대방을 향해 몸을 기울였고, 결과적으로 좌우에서 내 어깨에 몸을 맞댔다.

오른쪽 어깨에 닿은 히가시라와 왼쪽 어깨에 닿은 유메로부터 거리를 벌리기 위해, 나는 자연적으로 몸을 웅크렸다.

"미스터리는 원래부터 캐릭터가 부각되는 작품이 많으니까, 히가시라 양도 읽기 쉬울 거라고 생각해."

"하지만 사람이 죽잖아요."

"사람이 죽는 이야기를 싫어해?"

"아뇨, 딱히 싫어하는 건 아니에요~. 그래도 기본적으로 해피 엔딩을 선호하거든요. 사람이 죽으면 완전히 해피해질 수가 없다고나 할까요."

"아……. 하지만 사람이 안 죽는 미스터리도 있긴 해."

"일상 속의 수수께끼도, 쓰디쓴 결말을 맞이하는 게 많지."

"수수께끼가 풀리면 피해자가 되살아난다는 설정이면 안 될까요?"

"그게 성립될까……. 찾아보면 있을 것 같긴 해."

대화로 주의를 끄는 듯한 타이밍에 그 일은 일어났다.

왼편에 앉아있는 유메의 오른손이 뻗어오더니, 내 팔꿈치를 슬며시 잡아당겼다.

이 녀석, 무슨 속셈인 거야.

히가시라가 이런 행동을 취했다면 딱히 개의치 않았겠지만, 이 녀석이 아무 이유도 없이 남 앞에서 스킨십을 취할 리가 없다.

나는 아무것도 눈치채지 못한 척을 하며 대화를 이어갔다.

"실은 죽지 않았다 같은 패턴이라면 있을 거야. 아니면 과거로 거슬러 올라가서 사건을 미연에 방지한다거나."

"타임 리프물이군요! 대체로 좋아해요!"

"아, 나도 그건 좋아해."

"뭐니 뭐니 해도, 다들 웃으며 끝나는 작품이 가장 재미있다니까요. 라이트노벨도, 문예 소설도요."

왼쪽의 유메는 자기 팔로 내 팔을 휘감으려 하고 있었다.

반대편에 있는 히가시라에게 보이지 않는 위치에서 서서히 몸을 밀착시키며, 아까 히가시라가 장난삼아 하려고 했던 자세를 자기가 취하려 하고 있었다. 그러면서 가슴은 팔뚝에 닿을락 말락 하는 위치를 유지하고 있었기에, 재주가 참 좋다는 생각이 들었다. ……왠지 달콤한 향기가 나는걸. 평소의 샴푸 냄새가 아닌 것 같다. 향수라도 뿌린 걸까?

귓가에서 희미하게 웃음소리가 들려온 느낌이 들었다. 옆을 힐끔 쳐다보니, 유메가 의미심장한 눈길을 보내고 있었다. ……진짜로 뭐 하자는 거야.

나는 유메의 행동을 최대한 무시하기 위해 노력했다.

◆ 이리도 유메 ◆

후후후……. 통하네. 이건 통해.

감정을 숨기는 게 능숙해졌다고 전에 말했지만, 그걸 전제로 삼으며 관찰을 해보니 나를 의식하고 있다는 것을 명백하게 알 수 있었다. 눈의 움직임과 필요 이상으로 굳은 표정이 미즈토의 심경을 대변하고 있었다.

셋이서 외출하기로 한 것은 결과적으로 볼 때 옳은 판단이었다.

일전에도 유혹에 실패했던 만큼, 단둘이 있으면 거북한 분위기가 형성될 게 뻔했다. 하지만 히가시라 양이 있으면 그런 걱정을 할 필요는 없고, 그녀의 거침없는 행동에 편승해서 미즈토의 빈틈을 노리는 것도 가능했다.

히가시라 양을 이용하는 것 같아서 마음이 그다지 좋지는 않았지만, 먼저 제안을 해온 히가시라 양도 즐거워 보이니 서로에게 이득이라고 생각하기로 했다.

"오늘 보기로 한 건 어떤 영화야? 애니메이션이라고 했지?"

"청춘물에 살짝 SF틱한 녀석이에요. 평판이 좋아서 관심이 가더라니까요~."

평범한 대화를 나누면서, 미즈토의 옆구리를 슬며시 만지는 장난을 쳤다. 지나치게 들러붙는 건 히가시라 양에게 미안할 것 같으니 이 정도가 한계지만, 그가 반응을 보이지 않으려고 열심히 참고 있을 거라 생각하니 왠지 재미있었다.

이 남자도 나와 단둘이 있을 때는 당당히 맞서지만, 히가시라 양 앞에서는 그러지도 못했다.

자아, 다음에는 어떻게 할까— 하고 생각하고 있을 때였다.

버스가 커브를 돌았다.

그러자 몸이 옆으로 쑥 기울었다.

그 바람에— 아슬아슬하게 닿지 않도록 신경 쓰고 있던 가슴이, 미즈토의 팔뚝에 완전히 닿고 말았다.

"으~~~~?!"

잠깐만…… 이건 좀…… 이, 이렇게까지 할 생각은……!

커브를 돈 후에도, 바로 몸을 움직일 수 없었다.

이대로 떨어졌다간…… 왠지, 진 것 같은 느낌이 들 것 같아……!

나는 미즈토의 얼굴을 힐끔 쳐다보았다.

"저는 같은 감독의 작품을 본 적이 있거든요. 꽤 인상적이었으니까, 미즈토 씨도 좋아할 것 같았어요."

"나는 애니메이션 감독에 대해서는 문외한이잖아. 신경 써줘서 고마워."

태연한 표정으로 히가시라 양과 이야기를 나누고 있었다.

……왠지, 진 것 같은 느낌이 들어……!

결국 목적지인 버스 정류장에 도착할 때까지, 나는 계속 가슴을 대고 있었다.

◆ 이리도 미즈토 ◆

……버스로 이동했을 뿐인데, 매우 피곤했다.

"저쪽에는 토라노아나, 건너편에 가면 멜론북스가 있어요."

"이 근처에는 오타쿠 관련 가게가 많네."

“그리고 저쪽으로 더 가면, 강자들이 모여 있을 것 같은 오락실도 있고요.”

“히가시라 양은 게임을 잘해?”

“엄마가 단련시켜줬거든요. 『SEKIRO를 도중에 관두는 녀석은 인생도 도중에 관둔다』가 우리 가훈이에요.”

“응……? 그렇구나~.”

영화관으로 이어지는 번화가를 걸으면서, 유메는 히가시라와 평범하게 이야기를 나눴다.

나는 뒤편에서 그 모습을 바라보며 몰래 어이없어했다.

남을 가지고 놀기는…… 전에 배려해줬을 때는 그렇게 화냈으면서 말이야. 이거야말로 이중잣대 아냐?

영화관에 도착하자, 히가시라는 예약해둔 표를 발권기로 뽑은 후에 요금을 냈다. 고등학생 요금이니까, 단행본 한 권 가격인가. 타당한걸.

정산을 마친 후, 유메가 말했다.

“미리 화장실 좀 다녀올게. 히가시라 양은 괜찮아?”

“괜찮아요. 다녀오세요~.”

히가시라 양은 가볍게 손을 흔들며 배웅했다.

영화관에 입장할 때까지, 시간이 조금 있었다. 나는 로비의 벤치에 앉았다. 다른 손님도 있었으며, 스마트폰을 보거나 잡담을 나누고 있었다.

“영차.”

내 뒤를 이어 히가시라가 옆자리에 앉았다.

잠시 침묵이 흘렀다.

히가시라는 가만히 있지 못하며 몸을 좌우로 흔들어대거나, 모니터에 나오는 영화 PV를 봤다. 따분해 보이네. 발권도 별 무리 없이 하는 걸 보면, 영화관에 꽤 익숙해 보이는데 말이야.

그런 생각을 하고 있을 때, 히가시라는 옆에 있는 나를 향해 몸을 살짝 기울이며 내 얼굴을 들여다봤다.

"저기…… 미즈토 씨."

"응?"

"오늘, 기분 안 좋으세요?"

"……뭐?"

그 뜻밖의 질문에, 나는 무심코 부정적인 반박을 하고 말았다.

히가시라의 표정이 점점 불안해지더니…….

"아니, 그게, 버스 안에서도 표정이 딱딱해 보여서…… 제 착각이라면 괜찮지만요!"

버스 안…… 아하, 그렇게 된 건가.

유메의 장난에 반응하지 않으려고 표정을 관리했는데, 그 바람에 기분 나빠 보인 건가. 좀 미안한 짓을 했는걸.

"괜찮아. 네 착각이야. 저기…… 버스 탈 일이 거의 없었거든. 그래서 살짝 멀미가 났을 뿐이야."

가능한 한 상냥한 어조로 그럴듯한 이유를 입에 담자, 히가시라는 약간 불안해 보이는 모습으로 말했다.

"그랬나요……. 그럼 다행이지만……. 친구와 같이 외출하는 일이 거의 없어서요……. 혹시 따분한가 싶어서, 좀 불안해졌어요."

히가시라는 때때로, 이런 표정을 지을 때가 있다.

주위를 신경 쓰지 않으며 자기 뜻대로 사는 것 같지만, 마치 퍼뜩 정신을 차린 것처럼 남의 안색을 살피며 불안한 듯 몸을 웅크리는…… 그런 순간이, 사흘에 한 번꼴로 있었다.

처음 만났을 때만 해도, 항상 이런 느낌이었다.

도서관에서 만나, 처음으로 이야기를 나눴던 날. 마치 자신의 존재 자체가 죄라는 것처럼, 히가시라는 불안에 가득 찬 표정으로 머뭇거리며 나와 대화를 나눴다…….

그것을 알기에, 나는 단언해야만 했다.

"괜찮아."

몇 번이든, 몇 번이든, 질리지 않고…….

"네가 아무리 눈치가 없더라도, 나는 화내지 않아."

"네~? 꽤 화낸 것 같은데요……."

"그건 화내는 게 아니라 꾸짖는 거야."

"우에에~."

히가시라가 질린 듯 고개를 푹 숙이자, 나는 말했다.

"안심해. 약속은 잊지 않았어."

언제까지고, 네가 아는 나인 채로 있겠다.

히가시라의 고백을 거절하고, 친구로 되돌아가면서 한 약속.

히가시라는 앞 머리카락을 매만지며, 어설프게 웃음을 흘렸다.

"……에헤헤."

"왜 웃는 거야?"

"미즈토 씨라면 영원토록 응원할 수 있을 것 같아요."

"사람을 멋대로 아이돌 취급하지 마."

◆ 이리도 유메 ◆

나는 멀찍이서, 벤치에 앉아 있는 미즈토와 히가시라 양을 쳐다봤다.

미즈토가 히가시라 양과 이야기를 나눌 때의 표정은 참 자연스럽고, 부드럽다. 나를 보물처럼 다뤄줬던 옛날과도, 적의가 묻어나는 듯한 지금과도 전혀 다른— 여친이나 전 여친에게는 보여주지 않는, 그것은 히가시라 양만을 위한 표정이다.

솔직하게 말하자면, 좀 부럽다.

하지만 그와 동시에, 잘 됐다는 생각도 들었다. 허세를 부리는 게 아니다. 순수한 기쁨이, 가슴속에서 자연스럽게 샘솟았다.

아마 그것은 우리가 하지 못한 일을, 히가시라 양이 해주고 있기 때문이리라.

괜한 고집이나 질투에 휘둘리는 일 없이, 함께 있고 싶다는 심플한 마음을 우선할 수 있는 그녀를, 순수하게 대단하다고 생각하기 때문이리라…….

…….

정말 그럴까?

이 안도감은, 정말, 그런 것일까……?

히가시라 양이 웃고 있다는 사실에, 이렇게나 안심이 됐다. ―그것은, 알고 있기 때문이 아닐까.

옷차림을 칭찬받고 기쁜 듯 웃고…….

미즈토의 어떤 면을 좋아하는지 부끄러워하며 말하는…….

그런, 흔하디흔한, 어디에나 있을 법한 여자애 같은, 괴짜도 아니거니와 마이페이스도 아닌 히가시라 양의 모습을―.

―미즈토의 앞에서는 절대 보여주지 않으리라는 것을, 알기 때문이 아닐까.

……기우, 일 것이다.

왜냐하면, 히가시라 양은, 저렇게 즐거운 듯 웃고 있다.

그러니― 숨기고 있을 리가 없다.

미즈토를 위해, 진짜 자신을 숨길 리가, 없는 것이다…….

"어, 저기 좀 봐……", "우와! 진짜구나……!"

어?

그런 목소리가 들린 것 같아서 뒤를 돌아봤지만, 여름 방학 때의 영화관은 그저 사람들로 붐비고 있을 뿐이었다.

◆ 이리도 미즈토 ◆

"어? 커플 좌석을 예약하려고 했었어?"

"그게 쌀 것 같았는데, 유심히 보니 고등학생 요금으로 두 자리 잡는 게 싸더라고요."

"게다가 커플 좌석은 가장자리잖아. 영화 보기 힘들어."

"영화를 보는 것보다 꽁냥꽁냥을 우선하는 자리라서 그럴까요?"

"그럴 거면 집에서 넷플릭스나 보면 되지 않아?"

"너희는 영화 데이트라는 정서를 평생 이해 못 할 것 같네……."

이야기를 나누면서 어두운 영화관 안에 들어간 후, 좌석을 찾아다녔다.

히가시라는 꽤 좋은 자리를 잡아줬다. 우리 셋이 나란히 앉은 자리는 영화관의 한가운데 즈음이었다. 스크린에 너무 가깝거나 멀지 않아서 잘 보였다.

아쉬운 점은 내가 또 두 사람 사이에 앉게 됐다는 점이지만…….

"(이봐.)"

나는 오른편 좌석에서 짐을 의자 아래쪽에 두던 유메에게 작은 목소리로 말을 걸었다.

유메는 고개를 들더니…….

"(왜?)"

"(상영 중에는 장난치지 마.)"

"(흥. 신경 끄면 되잖아?)"

"(관람을 방해하면 내 영화비를 너한테서 뜯어낼 거야…….)"

"(아, 알았어! 알았으니까 표정 좀 풀어!)"

이걸로 됐다.

나는 마음을 놓으며 등받이에 몸을 맡긴 후, 스크린에 나오는 예고편을 봤다. 나는 영화의 트레일러 영상을 보는 걸 꽤 좋아한다. 상상력을 자극한다고나 할까, 생략된 내용을 상상하는 재미가 있다. 그걸로 만족해서 본편을 보지 않는 게 옥에 티지만— 그건 그렇고, 영화관에서 보니 예고편 특유의『두웅~!』하는 효과음이 귀에 남는걸.

"……."

어?

왠지 시선이 느껴졌다……. 유메의 반대편, 왼쪽을 쳐다봤다.

그러자 히가시라가 내 얼굴을 지그시 응시하고 있었다.

"……왜 그래?"

"아, 아뇨……."

히가시라는 시선을 돌렸다. —아니, 시선이 흔들렸다.

뭐지. 내 얼굴에 뭐가 붙어 있나? 혹시나 싶어 볼과 이마를 만져봤지만, 딱히 아무것도 붙어 있지 않았다.

조금 신경이 쓰이기는 하지만, 히가시라에게 물어보기 전에 감상 매너 주의 환기 영상이 스크린에 나왔다. 상영 중에는 이야기를 나누지 말라고 하니, 입을 다물었다.

스마트폰을 끈 후, 머리가 도촬용 카메라인 남성이 잡혀가는 모습을 보고 있을 때, 이윽고 불이 꺼졌다.

영화가 시작됐다.

극장 애니메이션 특유의 아름다운 작화가 거대한 스크린에 가득 비쳤다.

이것만은 소설로 맛볼 수 없다. 뭐, 때때로『작화가 좋다』고 평할 수 없을 만큼 묘사가 뛰어난 소설도 있지만, 시각으로 맛보는 건 또 각별했다.

내가 영화를 즐기고 있을 때, 팔걸이에 놓인 왼손에 다른 사람의 손이 놓였다.

"앗."

히가시라는 그렇게 외치면서 허둥지둥 손을 뺐다.

손이 닿은 것 자체는 흔한 일이다. —하지만, 평소 멋대로 남의 무릎을 베개로 삼는 녀석이 손 좀 닿았다고 왜 이렇게 허둥대는 걸까? 좀 신경이 쓰여서 옆을 힐끔 쳐다보았다.

"(죄송해요…….)"

히가시라는 몸을 웅크리며 그렇게 속삭였다.

"(괜찮아.)"

나는 고개를 갸웃거리며 대답한 후, 다시 영상 감상을 시작했다.

지금, 히가시라가 부끄러워하는 것처럼 보였는데…….

말도 안 돼.

히가시라는 아야이와 달라.

◆ 이리도 유메 ◆

"꽤 엄청나던걸."

"맞아요~. 특히 중반 이후의 묘사가……."

"그런 걸 추상적이라고 할까? 모르는 것 같으면서 알 것 같다고나 할까……."

"애니메이션만의 임팩트가 있었어."

우리는 감상을 이야기하며 영화관을 나섰다.

영화는 꽤 재미있었다. 애니메이션에 익숙하지 않아서 그런지 이해가 안 되는 부분도 있기는 했지만, 그런 점 덕분에 거꾸로 더 재미있었다. 미즈토와 히가시라 양은 그런 부분이 마음에 든 건지, 아까부터 영화에 대한 의견을 주고받고 있었다.

"이제 어쩔 거야?"

"딱히 정해둔 건 없어."

"앗…… 해산, 하는 건가요?"

"으음, 그러기엔 좀 아쉬운데…… 시간도 이렇게 됐으니까, 어디 밥 먹으러 갈까?"

"어?! 그래도 될까요?!"

"안 될 건 없잖아. 아, 그래도 집에 연락해둬."

"옛썰이에요!"

히가시라 양은 왠지 환한 표정으로 스마트폰을 꺼내 들었다.

그 타이밍에 미즈토가…….

"그럼 화장실에 좀 다녀올게."

"응. 알았어. 히가시라 양은 괜찮아?"

"괜찮아요~."

미즈토는 화장실을 향해 걸어갔다.

그런 미즈토의 뒷모습을, 히가시라 양이 스마트폰을 든 채 멍하니 쳐다보고 있다는 것을 나는 눈치챘다.

"……히가시라 양? 왜 그래?"

"아니, 저기…… 이제야 깨달았는데……."

히가시라 양은 금방이라도 녹아내릴 듯한 미소를 머금었다.

"어둑어둑한 영화관 안에서 미즈토 씨의 얼굴을 쳐다보니…… 데이트한다는 느낌이 들었어요……."

"윽."

오래간만에 대미지를 입었다.

이 풋풋함에, 내 닳을 대로 닳은 마음은 햇볕을 쬔 흡혈귀처럼 연기를 내며 타들어 갔다.

이 정도로 감동하는 히가시라 양과 달리, 몰래 미즈토를 유혹하려 했던 나는 참 탐욕스러워…….

내가 잃어버린 소중하고 찬란한 무언가를 보며 눈을 가늘게 뜨고 있을 때, 히가시라 양은 「앗?!」 하고 외치며 나를 쳐다보았다.

"혹시 LINE으로 『파이팅』이라고 말해줬던 건, 이런 의미였어요?!"

"……진짜로 이제야 깨달았나 보네."

"어, 어어, 으음……! 죄송해요, 죄송해요! 신경을 써주신 것도 모르고……!!"

"괘, 괜찮아. 나도 설명 안 했잖아."

죄책감이 가슴을 찔렀다. 이렇게 순수한 애를 이용하려고 한 나란 애는 정말…….

내가 한없이 침울해하고 있을 때, 히가시라 양은 행복한 듯 멋쩍은 웃음을 흘렸다.

"고백이 실패했을 때, 『아~, 나는 미즈토 씨와 데이트 못 하겠네~』 하고 생각했지만…… 의외로, 할 수 있네요."

"……맞아. 그렇게 생각하면, 연인이란 건 대체 뭘까?"

이런 걸, 다른 여자애와 못 하게 할 권리? ……그렇다면, 참 속 좁은 관계다.

히가시라 양은 그럴싸한 표정을 지으며 말했다.

“굳이 따지자면 이제부터 호텔에 가는 게 연인이고, 안 가는 게 친구겠죠.”

“……히가시라 양, 저속 포인트 1.”

“어? 그 포인트가 뭔가요? 그게 쌓이면 어떻게 되는데요?”

만약 히가시라 양이 말이 옳다면…… 나도 그녀와 마찬가지로 연인이 되지 못해도 괜찮겠다, 하고 잠시 생각했다.

◆ 이리도 미즈토 ◆

“세 분이신가요~?”

패밀리 레스토랑 점원의 안내에 따라, 우리는 박스석에 앉았다. 「메뉴를 정하시면 불러 주세요」라는 말을 남기고 멀어져가는 점원에게, 유메가 「네~」 하고 대답했다.

나는 테이블 구석에 있는 메뉴판을 손에 쥐었다.

“뭐로 할래?”

“다 같이 나눠 먹을 수 있는 게 하나 정도 있어도 괜찮을 거야.”

“그럼 피자나 감자튀김이겠네.”

“피자…….”

"싫어하는 건 아니잖아?"

"그렇긴 한데……."

"드디어 칼로리를 신경 쓰기 시작한 거야?"

"그, 그렇지는 않아……. 가슴으로 가는 타입이기도 하고……."

"체중의 증가를 성장기 탓으로 삼는 것도 거의 말기네."

"시끄러워! 이 멸치남은 섬세함과 담쌓았다니깐!"

맞은편의 유메와 메뉴를 사이에 두고 이야기를 나누는 사이, 옆에 앉은 히가시라가 안절부절못하는 반응을 보였다.

"히가시라, 왜 그래?"

"아니, 저기……."

히가시라는 좌우로 몸을 흔들며…….

"친구끼리 늦은 시간에 외식하는 건 처음이라서…… 좀 감동을……."

"아~, 이해해! 집 밖에서 가족이 아닌 사람과 저녁을 먹으면 비일상적인 느낌이 든다니깐!"

"맞아요! 그렇다니까요! 방과 후에 군것질을 하는 것과는 달라요!"

외톨이들이 꺄아꺄아~ 하며 교감하고 있었다. 이해해주는 사람이 있어서 좋겠네.

결국 피자는 관뒀고, 다 같이 나눠 먹을 감자튀김 하나와, 나는 도리아, 유메는 페페론치노, 히가시라가 햄버그를 시켰다. 물론 드링크바도 세트다.

일단 자리에서 일어난 나는 홍차를, 유메는 오렌지 주스를, 히가시라는 콜라를 드링크바에서 가져왔다.

"히가시라 양은…… 혹시, 진짜로 먹은 게 가슴으로 가는 타입이야?"

히가시라의 컵에 가득 담긴 콜라를 본 유메가 그렇게 물었다.

"글쎄요? 신체검사 때 말고는 체중을 안 재니까 몰라요."

"체중 안 재는 거야?!"

"체중을 재봤자 전에 몇 킬로그램이었는지 기억 못 하거든요."

"……우리는 화장 같은 표면적인 게 아니라, 여자애에게 필요한 근본적인 사상을 너한테 가르쳐줘야 했던 걸지도 몰라……."

그랬다면 나한테도 여러모로 도움이 됐을 것이다.

"실은 다른 사람과 함께 영화를 보러 온 건 처음인데, 영화 감상을 이야기할 사람이 바로 옆에 있으니 좋네요."

히가시라는 금방 나온 감자튀김을 집어 먹으면서 별것 아니라는 투로 그렇게 말했다.

유메는 약간 배려하는 미소를 머금으며 말했다.

"히가시라 양은 혼자 영화 보는 걸 신경 안 쓸 것 같긴 해……."

"보통 혼자 보지 않나요?"

"그래. 보통은 혼자 봐."

"아, 응. 그래. 요즘은 그렇게 드문 일도 아냐."

석연치 않은 말투인걸. 남과 같이 영화를 보려면 작품과 시간을 맞춰야만 하니 귀찮잖아. 히가시라와 같이 보는 게 아니었다면 나도 거절했을 거야.

"기회가 되면 다음에 또 같이 영화 보러 와요."

"응. 나는 그런 쪽으로 촉각을 세우지는 않는데, 괜찮은 작품 있어?"

"저도 애니메이션 영화밖에 모르거든요……. 여름 방학도 곧 끝나니까, 새로운 작품이 안 나올 거예요."

"그럼 다음에는 실사 영화를 보러 오자. 한 번씩은 괜찮잖아?"

"그래요~. 연애 영화만 아니라면 좋아요."

"연애 영화를 싫어해?"

"화날 것 같거든요."

"이해해."

"진짜야?"

곧 개봉하는 영화 중에 재미있어 보이는 건 없을까…… 하고 생각한 나는 스마트폰을 꺼내 들었다.

그러고 보니 영화관에서 전원을 끈 후로 켜지 않았다. 켜질 때까지 기다렸다.

홈 화면이 나오자, 옆자리의 히가시라가 고개를 빼꼼 내밀었다.

"미즈토 씨, 배경 화면이 디폴트네요."

"보지 마."

"으음…… 좀 줘보세요."

"앗, 이봐."

히가시라는 내 스마트폰을 빼앗더니, 카메라를 켰다.

남의 스마트폰으로 뭘 하나 했더니— 전면 카메라를 켜며 나와 몸을 밀착시켰다.

맞은편에 있는 유메가 눈을 치켜떴다.

"잠깐……?!"

"자아, 피스~."

내 얼굴과 자기 얼굴을 화면에 담은 후, 사진을 한 장 찍었다.

그렇게 투샷 사진이 완성됐다.

히가시라는 스마트폰을 돌려줬다.

"자아, 받아요."

"이게 뭐야?"

"배경 화면용 소재예요."

"네가 내 여친이냐."

무표정한 얼굴로 피스 사인을 날리는 히가시라와 영문을 모르겠단 표정을 짓고 있는 내 사진을 보면서, 무심코 태클을 날렸다.

표정에는 색기가 전혀 없지만, 투샷을 홈 배경 화면으로 설정해놓고 사귀지 않는다고 우기는 건 솔직히 무리일 것 같았다.

"으음. 그럼……."

"아."

히가시라는 나한테서 스마트폰을 빼앗더니, 맞은편 자리로 이동해서 유메와 어깨를 맞댔다.

"앗, 잠깐만―."

"피스~."

찰칵.

유메와의 투샷 사진을 준비한 후, 다시 내 옆으로 와서 스마트폰을 돌려줬다.

"이건 어떤가요!"

"이래서는 내가 어떤 관계인지 알 수 없잖아."

"굳이 따지자면 아빠일까……?"

"원조교제?!"

""그만해.""

유메가 저속 포인트 2, 하고 말하면서 정체불명의 포인트 가산을 선언했다.

히가시라는 사진을 보면서 으음, 하고 신음을 흘렸다.

"……그럼……."

안색을 살피듯 우리를 쳐다본 히가시라가 머뭇거리면서 말했다.

"……셋이서 같이 찍으면, 안 될까요……?"

나와 유메는 고개를 갸웃거리면서 히가시라의 얼굴을 쳐다봤다.

히가시라는 손을 내저었다.

"아, 아니, 저기! 그게! 생각해 보니, 셋이 함께 외출한 건 처음이다 싶어서요! 집에서는 자주 같이 있지만요! 그러니까, 저기, 기념…… 삼아서……."

기념.

그 말에, 나와 유메는 자연스레 서로의 얼굴을 쳐다보았다.

히가시라에게 숨기고 있는 사실이 있어서, 거북한 눈길을 주고받는 것—이 아니다.

우리는 놀랐고, 또한, 납득했다.

분명, 나와 유메의 마음 한편에는 응어리가 존재했다.

8월 27일. 오늘이 지니는 복잡한 심경을, 히가시라의 앞에서는 일부러 드러내지 않았다.

히가시라와 함께 있으면서도, 마음 한편으로는 기념일이 되었을 오늘이란 날을 애도하는 감정이, 조금이기는 해도 명백하게 존재했다.

재작년에는 기념일이었고, 작년에는 기일이었다.

그렇다면 올해부터는, 다른 기념일로 삼는 것도 괜찮을지 모른다.

쓰디쓴 추억도…… 그렇게 하면, 덧씌울 수 있을지도 모른다.

우리가 입 다물고 있자, 히가시라는 불안한 듯 시선을 보냈다.

"아…… 안 될, 까요?"

"좋아."

나는 딱 잘라 말했다.

"투샷을 찍을 때는 거침없었던 네가 갑자기 미적거리는 게 좀 우스웠을 뿐이야."

"그래."

유메도 빙긋 웃더니, 히가시라의 손을 잡아끌며 말했다.

"기념이 되도록— 셋이서 같이 찍자."

그리하여 우리는, 2인석에 셋이 나란히 앉아서 기념사진을 찍었다.

또 내가 한가운데에 있는 사진을 보면서, 나는 생각했다.

재작년에는 잘못했다.

작년에도 잘못했다.

하지만 올해는, 잘못하지 않았을지도 모른다.

이 사진을 찍었다는 것만으로, 그런 희망을 품을 수 있을 것 같은 느낌이 들었다—.

그리고, 히가시라가 말했다.

"이 사진…… 왠지, 한 명이 죽을 것 같네요."

"……푸웁!"

나는 가볍게 웃음을 터뜨렸다.

"히가시라 양! 분위기 파악!"

"어? 하지만, 흔하잖아요. 가족을 잃은 남자가 가족사진을 보는 장면 말이에요."

"크큭, 목걸이 안에 넣어둔 사진 같은 거구나."

"맞아요, 그거예요!"

"나도 알아! 그래도 재수 없는 소리 좀 하지 마!"

그 후에는 주문한 요리를 먹으면서 『목걸이 안에는 죽은 사람 사진만 넣어둔다는 설』에 관한 토론을 벌였다.

◆ 이리도 유메 ◆

"오늘은 정말 즐거웠어요~!"

"응. 나도 그래."

"재미있어 보이는 영화가 있으면 연락하겠어."

"네! 잘 부탁해요! 그럼 가볼게요~!"

히가시라 양은 기쁜 듯이 손을 흔들면서 맨션 건물 안으로 들어갔다.

패밀리 레스토랑에서 이야기를 나누다 보니, 어느새 해가 지고 말았다. 히가시라 양이 혼자 밤길을 걷게 하는 것도 좀 그랬기에, 집까지 데려다줬다.

히가시라 양의 뒷모습이 시야에서 사라지자, 우리는 돌아서서 집으로 향했다.

가로등과 건물의 불빛, 지나가는 차량의 라이트가 비추는 한밤중의 보행로를, 우리는 나란히 걸었다.

"……."

"……."

"……."

"……."

"……이번에는 들러붙지 않는 거야?"

"……윽!"

미즈토가 곁눈질하면서 그렇게 말하자, 나는 흠칫하며 부르르 떨었다.

"마…… 마음이 바뀌었어."

"흐음."

미즈토는 흥미 없다는 투로 그렇게 말한 후, 나한테서 고개를 돌렸다.

……히가시라 양과 헤어진 직후에 바로 대시를 하는 건, 왠지 비겁한 짓을 하는 것 같잖아.

처음에는 히가시라 양을 이용할 생각이었다. 하지만 그것은 내가 아직 오늘을 『이리도와 사귀기로 한 기념일』이라고 여겼기 때문이다.

하지만, 이제 그렇지 않았다.

오늘은 미즈토, 히가시라 양과 처음으로 셋이서 같이 논 날.

그러니, 이제 괜한 짓을 하지 말고— 영화가 재미있었으니

됐다고 여기기로 했다.

"저기."

앞을 바라보며 말을 건네자…….

"왜?"

미즈토가 앞을 바라보며 대답했다.

"……히가시라 양을 울리면 화낼 거야."

"네가 괜한 짓만 하지 않으면 돼."

"그건 보증 못 할 것 같아."

"……이봐."

미즈토가 나를 날카롭게 흘겨보자, 나는 웃음을 흘렸다.

아직은 가능성에 불과하지만…….

어쩌면, 나는 예전만큼 그에게 빠져 있지 않은 걸지도 모른다.

하지만, 그래도, 유대가 없어지는 건 아니다. ―히가시라 양이 그것을 가르쳐줬다는 느낌이 들었다.

그러니, 지금이라면 솔직한 마음으로 바랄 수 있을 것 같았다.

미즈토와 히가시라 양이 오랫동안 사이좋게 함께 하기를, 하고―.

"……응? 카와나미잖아."

미즈토가 스마트폰을 꺼내더니, 「여보세요」 하고 말하며 귀에 댔다.

거의 동시에, 내 스마트폰에서 LINE 알림이 왔다.

아카츠키 양한테서 온 것이었다.

아래와 같은 메시지가 표시됐다.

〈유메, 무슨 일 있었어?〉

〈학생들 사이에서도 이리도와 히가시라 양이 사귄다는 이야기가 도나 봐〉

당신은 이 세상에 단 한 명뿐

◆ 히가시라 이사나 ◆

다른 사람이 보기에, 저는 쭉 『이상한 애』였어요.

유치원에서 엄마가 아니라 이삿짐센터 마크를 그렸을 때도, 초등학교에서 장래 희망 작문에 『열심히 생각해봤지만, 지금은 딱히 없어요』라는 내용의 글을 원고용지에 가득 채워서 썼을 때도, 다들 저를 『이상한 애』라고 말했어요.

다들 남의 그림이나 작문을 훔쳐보거나 나름 짐작을 해서, 비슷비슷한 내용을 썼나 봐요.

정말일까요?

유치원에서는 『좋아하는 것을 그려보렴』이라는 말을 들었고, 초등학교에서는 『솔직하게 쓰렴』이란 말을 들었어요. 남들과 비슷한 걸 쓰렴, 이란 말은 듣지도 않았어요. 그런데 다들 그걸 눈치챈 걸까요?

잘 모르겠어요.

아직도, 잘 모르겠어요.

엄마는, 그런 저에게 이런 말을 했어요.

—이상한 애라고? 거 잘됐네.

—이사나. 너는 이 세상에서 단 한 명뿐이잖아. 그러니, 남과 다른 게 당연하다고.

그럼 왜 다른 애들은 이상하다는 소리를 듣지 않는 거야? 하고 물어보니…….

—그야, 다들 자기 자신을 드러내는 것을 두려워하거든.

엄마는 몰라요.

겁이 없는 사람이라서, 모르는 거예요.

실은, 저도 무서워요.

아무것도 숨기지 않으며 자기 자신을 겉으로 드러낸 탓에 상처 입는 게, 저도 무서워요.

그저, 숨기지 못할 뿐이에요.

지키지 못할 뿐이에요.

못하는 것뿐이에요.

—그저, 그뿐이에요.

◆ 이리도 유메 ◆

"오래간만~!", "오래간— 우와, 새까맣게 탔네!", "숙제 다 했어~?", "어찌어찌…… 진짜로 죽는 줄 알았어~."

오래간만에 찾은 교실이 왠지 신선하게 느껴졌다.

클래스메이트의 얼굴을 둘러보며 『변했네~』와 『변함없네~』

를 동시에 느꼈고, 그것이 교실 안의 분위기가 눈에 익어가면서 새롭게 느껴졌다. 여름 방학 동안에도 LINE으로 연락을 주고받았지만, 역시 오래간만에 얼굴을 마주하니 인상이 새로웠다.

"이리도 양, 오래간만~!"

"오래간만, 이리도."

"마키 양, 나스카 양, 오래간만—이라고 하기엔, 지난주에 만나지 않았어?"

평소 멤버 — 숏컷 헤어스타일에 키가 큰 사카미즈 마키 양(농구부 소속)과, 보브컷에 졸린 표정의 카나이 나스카 양(경기 카루타부 소속) — 와 이야기를 나누면서, 나는 자리에 가방을 뒀다. 오늘은 개학식만 하기 때문에 가방이 가벼웠다.

마키 양은 내 앞자리에 털썩 앉았고, 나스카 양은 옆자리에 슬며시 앉았다.

바로 그때, 눈에 익은 포니테일이 뛰어들듯이 우리와 합류했다.

"유메, 오래간만~! 쓸쓸했어~!!"

"우와앗! ……아카츠키 양과는 지난주가 아니라 어제 만나지 않았어?"

"교복을 입은 유메와 만나는 건 오래간만이거든."

"나, 옷차림에 따라 별개 취급이구나……."

"소설 게임의 캐릭터네!"

마키 양은 아침부터 왁자지껄 웃었다.

일단 나를 끌어안은 아카츠키 양을 떼어냈다. 덥다. 9월이라고는 해도, 기온은 아직 여름과 별반 다르지 않았다.

"이야~, 여름 방학이 끝났데이~."

마키 양이 교실을 둘러보며 아쉽다는 투로 말했다.

"생각보다 여름 느낌이 안 났어~. 청춘이 부족했다고나 할까? 뭐, 합숙과 대회가 있기는 했지만 말이야~. 다들 그렇게 변한 것 같지는 않네~."

"나도 그냥 집에서 빈둥거리며 보냈어. 때때로 운동부 도우미는 했지만 말이야. 숙제하느라 참 힘들었다니깐~."

"맞아! 청춘을 즐길 틈이 없었다니깐~! 하아~!"

아카츠키 양은 카와나미와 풀장에 간 것을 숨겼다. 아카츠키 양이 낯빛 하나 바꾸지 않으며 거짓말을 하거나 뭔가를 숨기는 모습을 볼 때마다 좀 섬뜩했다.

"나스카찌는~? 여름 방학에 무슨 일 있었어?"

나스카 양은 그 말을 듣더니, 히가시라 양을 연상케 하는 멍한 표정을 지으면서…….

"나도 카루타 대회에 나간 게 다데이."

"뭐야~. 동지구나~."

"그리고 남친이 생겼다 아이가."

"뭐야~. 남— 뭐?"

"""뭐?"""

우리는 화들짝 놀라면서 나스카 양의 멍한 얼굴을 일제히 쳐다보았다.

"남친…… 어? 뭐? 방금 뭐랬어?"

"카루타 대회에 나갔데이."

"그쪽이 아니거든?! 다른 거!"

"괜히 말 돌리지 마! 우리가 궁금한 건 남친 이야기라고!"

동요한 탓에 마키 양의 말투가 거칠어졌지만, 나스카 양은 어리둥절하다는 듯 고개를 갸웃거렸다.

"남친이 생겼다는 거 말이가?"

"그래, 그거!"

"진짜야?!"

"응."

나스카 양은 태연히 고개를 끄덕였다.

와아…… 우리는 얼이 나간 표정으로 그녀의 얼굴을 쳐다보았다.

나스카 양은 에너지 절약 지향이랄까, 매사를 귀찮아하는 타입이다. 이성에게 전혀 흥미가 없는, 여성판 오레키 호타로[#3] 같은 사람이니까…… 설마, 다른 애도 아니고 이 애가, 여름 방학에 그런 엄청난 일을 겪다니…….

"누구야?!"

#3 오레키 호타로 『고전부 시리즈』의 주인공.

가장 먼저 정신을 차린 마키 양은 나스카 양을 향해 몸을 쑥 내밀었다.

"누구인데?! 누구와 사귀는 거야?! 우리 반 애야?!"

"같은 부 선배데이."

"고백받은 거야?!"

"아내, 내가 해뻤다."

""""뭐어?!""""

고백?! 사랑의 고백?! 이 1년 365일 축 늘어진 면상으로?!

나스카 양은 부끄러워하지도 않으며 말했다.

"『선배가 내한테 마음이 있는 거 아니까, 후딱 사귑시더』 하고 말했데이."

「그걸…… 고백이라고 해도 돼?」 하고 마키 양이 말했다.

「왠지 생각했던 것과 다르네……」 하고 아카츠키 양이 중얼거렸다.

「하지만 나스카 양답기는 해……」 하고 내가 말했다.

"하지만 꾸물거리는 건 시간 낭비 아이가."

윽!

말이란 형태의 예리한 칼날이 내 가슴에 깊숙이 꽂혔다. 사람마다 피치 못할 사정이 있다고요…….

"그것보다, 나스카찌한테 연애 감정이 있는 줄 몰랐네."

"내를 어떻게 생각했던기고?"

"확실히 『그런 건 귀찮아』 하고 말하며 고백을 거절할 것 같은 이미지가 있긴 해."

"맞아~!"

"선배는 특별하데이."

갑자기 튀어나온 그 갸륵한 발언을 듣고, 우리는 『오?!』 하며 흥분했다.

"부활동 마치고 돌아가는 길에 아이스크림 사줬데이."

"싸구려네."

흥분이 바로 식어버렸다.

히가시라 양을 괴짜라고 생각했지만, 나스카 양도 만만치 않네…….

하지만 우리가 모르는 곳에서 나스카 양이 같은 부 선배와 매일 함께 하교하며 아이스크림을 얻어먹고, 그것이 선배의 서툰 대시였다는 것을 눈치채며 그 안의 호의를 느끼는— 그런 일이 있었을 거라고 생각하니, 왠지 가슴이 뛰었다.

하지만 당사자는 별일 아니라는 듯 다른 곳을 쳐다봤다.

"연애 감정 운운이라면, 내보다 이리도 쪽이 더 화제 아이가?"

"앗! 맞아~! 이리도 동생 말이구나! 나도 들었어!"

가슴이 철렁했다.

여름 방학 직전의 자리 바꾸기로, 미즈토는 복도 쪽 한가운데 자리가 됐다. 나와 꽤 떨어진 그곳에는 카와나미가 경비견처럼 자리하더니, 미즈토에게 뭔가를 묻고 싶어 하는 클래스메이트들을 견제하고 있었다.

"엄청 화제가 됐잖아! 이리도 동생과 3반 여자애의 이야기! 이리도 양, 그게 사실이야?"

"어…… 으음……."

나는 시선을 피했다. 뭐라고 말하는 게 정답일까. 나는 눈빛으로 아카츠키 양에게 도움을 청했다.

아카츠키 양은…….

"그냥 솔직하게 말하면 되지 않아?"

……하고 가볍게 웃으며 말했다.

"어? 뭐야. 앗키~도 정보통이야?"

"그래. 그 애와는 몇 번 같이 논 적도 있거든—. 그리고 히가시라 양에 관해서는 전에도 우리 넷이서 이야기를 나눈 적 있지 않아?"

"히가시라— 아~, 그 애가."

그러고 보니 미즈토가 히가시라 양과 만난 지 얼마 안 되었던 시절, 나스카 양이 그 둘이 함께 있는 모습을 봤었다. 그런 것치고는 반응이 무미건조하지만 말이다.

한편, 마키 양은 엄청 흥미를 가진 것 같았다.

"이리도 동생이야말로 연애 흥미 없음의 대표 격이잖아. 1학기 중간고사 즈음부터 그런 점 때문에 관심을 받고 있었거든. 그래서 이번 뉴스의 임팩트가 엄청난 거야~."

"공부 합숙 때부터 소문은 돌았데이. 이리도와 쭉 같이 있는 여자애에 대한 이야기를 들은 적 있다 아이가."

"그때는 이렇게 화제가 안 됐잖아? 이리도 양과의 소문이 전에 돈 적 있지? 그때에 비하면야~."

나는 또 시선을 피했다. 그 소문은 내가 자처한 것이기에, 변명을 할 수가 없었다.

"하지만 데이트하는 모습이 목격됐다면, 이야기가 달라지긴 해. 그 여자애— 히가시라 양? 도 학교에서와는 분위기가 다르게 엄청 귀여웠던 모양이야."

"아하하."

아카츠키 양은 뻔뻔한 웃음을 흘렸다. 그녀는 나와 함께, 학교에서와는 전혀 다른 분위기라는 것을 만든 장본인인 것이다.

"그래서? 어때? 그 두 사람, 사귀는 거야?"

"아~, 뭐……."

아카츠키 양의 말대로, 괜히 얼버무렸다간 이 소문에 괜한 꼬리표가 붙을 것 같았다.

"사귀는 건…… 아닐, 거야."

"뭐~? 그럼 헛소문이야?"

"소문이란 건 다 그런 거다 아이가."

"그럼 그것도 헛소문이야? 그 여자애가 그라비아 아이돌 뺨칠 정도의 글래머—."

""그거 사실이야.""

나와 아카츠키 양이 한목소리로 말했다.

"우와~, 진짜구나. 한번 보고 싶네~."

"소개해줄까? 나스카 양과는 꽤 마음이 잘 맞을 거야. 안 그래? 유메."

"응. 분위기가 비슷하잖아."

"이봐. 나는 어때?"

"양아치는 사양해줬으면 좋겠네."

"짜샤, 누가 양아치란 거야!"

나는 웃음을 터뜨리면서도, 마음 한편으로 걱정했다.

히가시라 양의 퇴로가 더 차단되고 있는 점이 아니라— 그녀가 직면했을, 극적인 환경의 변화를…….

◆히가시라 이사나 ◆

교실의 문을 연 순간, 저는 깜짝 놀랐어요.

그것도 그럴게, 여름 방학 이전의 저는 공기처럼 학교생활을 보냈어요. 제가 교실에 들어서도, 인사는 고사하고 시선조차 받지 못하는 게 보통이었죠.

하지만— 제 온몸을 꿰뚫는 이 수많은 시선은 뭘까요.

저와 미즈토 씨의 소문에 관해서는 유메 양에게 들었어요.

공부 합숙 때부터 느끼기는 했지만, 미즈토 씨는 정말 인기가 많네요. 깜짝 놀랐어요. 뭐, 제가 먼저 점찍었지만요.

저는 시선에서 벗어나려는 듯 몸을 웅크리며 제 자리에 앉았어요. 휴우~. 왠지 마음이 불편해요. 타인의 시선에 익숙하지 않거든요. 입학 때부터 인기가 좋았던 유메 양은 항상 이런 상황 속에서 지내고 있군요. 존경할 것만 같아요.

"—저기, 히가시라 양……."

수업이 시작될 때까지 책을 읽을지 말지 망설이고 있을 때, 누군가가 머뭇거리며 저한테 말을 걸었어요. 자아, 누가 말을 말을 걸어온 걸까요. —어라? 방금 히가시라라고 말하지 않았나요?

"앗…… 저, 저 말인가요?"

"응. 맞아. 히가시라 양."

여자애 두 명이 제 자리 앞에 서 있었어요. 두 사람 다 클래스메이트인데…… 이름이…… 으음…… 죄송해요! 하지만 미즈토 씨도 아마 동급생의 이름을 못 외울 테니까 세이프예요!

두 사람은 2학기에도 클래스메이트의 이름을 파악 못 한 녀석이 있을 거라고는 생각 못 한 건지, 자기소개도 하지 않으며 이야기를 이어갔어요.

"저기, 소문을 들었는데……", "7반의 이리도와 데이트를 했다는 게, 사실이야……?"

"데이트."

유메 양에게는 미즈토 씨와 함께 있는 모습을 다른 학생들이 봤다고 들었어요. 그 목격 장면이 데이트를 하는 것처럼 보였던 걸까요. 그렇다면…… 사실관계를 확인해야겠네요.

"저기…… 그건, 27일의 일인가요?"

"아, 맞아!", "역시 진짜였구나!"

어, 아니, 저기, 날짜를 확인했을 뿐, 아직 대답하지는 않았는데요…….

정정할 생각이었지만, 한발 늦고 말았어요.

이야기를 엿듣고 있었던 건지, 마치 타이밍을 재기라도 한 것처럼 교실 안의 여학생들이 몰려들었어요.

"언제부터 사귄 거야?!", "공부 합숙 때도 자주 만났지?!", "왜 말하지 않았어?!", "이리도는 실제로 어떤 느낌이야?!", "섭섭하네!"

어버버, 어버버. 어버버버버버.

노도 같은 질문 공세에 저는 무심코 요시[#4]처럼 되어버렸어요. 이렇게 한꺼번에 말하면 다 알아들을 수가 없고, 어찌 된 건지 친구 행세를 하는 사람이 있는 데다, 대꾸할 틈도 없을 뿐만 아니라, 어찌 된 건지 친구 행세를 하는 사람도 있어요.

무엇보다, 이미 사귄다고 여기는 것 같네요.

아무리 저라도 초조해지기 시작했어요. 왜냐하면 저희는 사귀지 않거든요. 차였거든요. 상대방이 착각한 거라고는

#4 요시 『마리오 시리즈』에 나오는 마리오의 파트너 캐릭터.

해도, 이대로는 속이는 것 같아서 찜찜해요. 빨리…… 빨리 부정해야……!

"저, 저기……!"

"저기, 여름 방학에 몇 번이나 만났어?!"

"네? 거의 매일……."

"매일?!", "완전 러브러브네!"

"아, 그게, 미즈토 씨가 귀성했을 때는—."

"미즈토 씨라고 부르는구나~!", "저기, 어디서 데이트했어? 매일 만났으면 웬만한 데는 다 가봤을 거 아냐."

"어? 아뇨. 항상 미즈토 씨의 집에서……."

"집?! 매일?!", "동거나 다름없네!"

꺄아~! 하고 여학생들이 새된 환성을 질렀다.

어, 어쩌죠……. 반사적으로 대답하다 보니, 소문을 부정할 기회를 놓치고 말았어요.

하지만…… 좀 기쁘기도 해요.

동거. 동거……. 그렇군요…….

"고백은?! 누가 했어?!"

"어, 아, 그게, 제가……."

차였지만요.

"뭐라고~? 뭐라고 했어~?"

"아니~, 그건 좀……."

"부끄러워하네~! 귀여워라~♪"

"에헤, 에헤헤."

클래스메이트들과 이렇게 이야기를 나눠보는 게 얼마 만일까요.

어쩌면 태어나서 처음일지도 몰라요.

실은 사귀는 게 아니지만, 거짓말을 한 것도 아니고…… 좀 여친 행세를 하더라도 벌 받지는— 않겠죠?

개학식이 끝나고 방과 후가 되자, 저는 여름 방학 전과 마찬가지로 도서실로 향했어요.

기분 탓일지도 모르지만, 복도를 걸을 뿐인데도 남들이 쳐다보는 것 같은 느낌이 들어요. 우월감과 따분함이 뒤섞이면서, 왠지 갈피를 못 잡고 있는 기분이 들어요.

그건 그렇고, 깜짝 놀랐네요. 저는 솔직하게 대답했을 뿐인데, 들통이 나지 않았어요. 유메 양한테서는 저와 미즈토 씨가 하는 행동이 꼭 연인 같다는 말을 들었는데, 그게 사실일 줄은 꿈에도 몰랐어요.

하지만 도서실에서도 그런 식으로 소동이 일어났다간, 다른 사람에게 폐가 될 거예요. 들키지 않도록 조심해야겠네요.

저는 유명인이 된 심정으로, 주위를 살피며 도서실에 들어갔어요.

애용하는 자리— 창가 구석으로 향하면서, ……어?

그러고 보니, 미즈토 씨가 왔을까요?

1학기에는 항상 그 자리에서 만났지만, 여름 방학 동안에는 안 왔잖아요. 그러니 미즈토 씨가 또 올 거라고 단정할 수는…….

일말의 불안감을 느끼며…… 책장 너머를 빼꼼 쳐다봤어요.

그곳에는— 창가 공조 설비에 엉덩이를 살짝 걸친, 미즈토 씨가 있었어요.

"……우헤헤."

1학기에는 당연한 일이었는데, 왠지 기뻐요.

2학기에도, 미즈토 씨와 매일 여기서 만날 수 있을 것 같네요.

그 약속을…… 지켜주는, 걸까요.

"……어. 왔구나."

미즈토 씨는 제 기척을 느끼더니, 읽고 있던 책에서 눈을 떼며 고개를 들었어요.

저는 그런 미즈토 씨에게 다가가며…….

"오래간만이라 안 올 줄 알았어요."

"습관이라는 건 그리 쉽게 바뀌지 않나봐."

"오늘은 뭘 읽고 있었어요~?"

나는 평소처럼 이야기를 나누면서 가방을 내려놓은 후, 신발과 양말을 벗고 공조 설비 위에 앉았어요.

안도감이 느껴졌어요.

사람이 적은 도서실의 아무도 없는 구석에서 맨발이 된 제 옆에는 미즈토 씨가 있어요……. 이 환경이 마치 제 방에 있는 것처럼 편안해서, 저는 마음이 놓여요.

으음…… 클래스메이트들에게 관심을 받는 것도 즐겁지만, 역시 저는 이게 더 직성에 맞는 것 같아요. 무인도에 뭐든 하나만 가져갈 수 있다면, 저는 미즈토 씨를 가지고 갈래요.

"—어, 어머……", "진짜구나……"

바로 그때…….

여자애들이 소곤거리는 목소리가 희미하게 들렸어요.

고개를 돌려 보니, 열람 공간의 의자에 앉은 여학생이 저희를 힐끔힐끔 쳐다보며 쑥덕거리고 있어요. 어머. 이런 곳에도 미즈토 씨의 팬이 있는 건가요?

미즈토 씨가 그쪽을 쳐다보더니, 여자애들이 시선을 피했어요.

그 모습을 본 미즈토 씨는 눈썹을 찌푸렸어요.

"……신경 쓰이나요?"

미즈토 씨는 아마 남들에게 주목을 받는 것을 좋아하지 않을 거예요.

생각해보면 당연해요. 지금 상황이 미즈토 씨에게 있어 바람직하지 않을 거예요.

하지만 미즈토 씨는 제 질문에 질문으로 답했어요.

"너야말로 괜찮은 거야?"

"아, 네. 관심을 좀 받으니, 기분이 좋을 뿐이에요."

"관둬, 바보야."

"아우."

미즈토 씨가 제 머리에 살짝 꿀밤을 날렸어요.

평소와 다름없는, 기분 좋은 태클이에요.

하지만 그 순간, 아까 그 여자애들이 꺄아 하고 작게 환성을 질렀어요.

"어이쿠……."

미즈토 씨는 허둥지둥 손을 치웠다.

그리고 얼버무리듯 머리카락을 손가락으로 매만지더니, 작게 한숨을 내쉬었어요.

"……너, 실은 뭐라고 말한 거야?"

"네?"

"클래스메이트한테 말이야. 질문을 받았지?"

"으음……."

아까 『기분이 좋을 뿐』이란 말은 농담이 아니라 진담이었는데, 물론 그렇게 말할 수는 없어요.

"거짓말은 안 했, 는데요……."

"좀 신경 쓰이는 말투인걸……. 뭐, 그럼 됐어. 나는 현재 노코멘트로 일관하고 있거든."

"괜찮지 않은 때도 있나요?"

"그야 네가 딴 애들의 말에 휩쓸려서 사귄다고 대답했는데, 내가 안 사귄다고 말하면 어떻게 될 것 같아?"

"어떻게 되는데요?"

"너는 나와 사귄다고 멋대로 주장하고 다니는 위험한 녀석이 되는 거야."

"……, 어엇?! 정말인가요?!"

"거기까지는 생각 안 했나 보네……."

생각도 못 했어요.

큰일 날 뻔했네요. 우쭐해서 거짓말을 했다간 난리 날 뻔했어요.

"그럼, 말을 맞출 필요가 있겠네요."

"그래. 발끈하며 부정해봤자 역효과일 테니까, 이대로 어물쩍 대답을 회피하는 게 가장 무난하겠지만……."

"알았어요……! 전력을 다해 대답을 회피할게요!"

"불안하네……. 하아, 진짜 성가셔."

미즈토 씨는 귀찮다는 듯 한숨을 내쉬었다.

"다들 참 한가한가 보네……."

……확실히, 클래스메이트들이 말을 걸어주니 좀 기쁘긴 해요.

저는 미즈토 씨보다 속물이라서, 주목을 받으니 기분이 좀 좋아요.

하지만…… 미즈토 씨에게 폐를 끼치는 건 정말 싫어, 하고 생각했어요.

◆ 카와카미 코구레 ◆

“그쪽 상황은 좀 어때?”

저녁 식사로 시킨 배달 피자를 먹으면서, 나는 맞은편에 있는 아카츠키에게 물었다.

아카츠키도 치즈를 쭉 늘리면서, 다른 한 손으로 스마트폰을 조작했다.

“1학년 여자애 사이에서는 꽤 소문이 퍼졌네~. 그래도 악의는 없어 보이니 내버려 둬도 문제없지 않을까 싶어.”

“정말이야~? 『그 녀석, 우쭐대는 게 완전 밥맛 아냐~?』 같은 소리 하는 녀석 없어?”

“거의 없어. 있다고 해봤자, 남 잘되는 게 보기 싫어서 헐뜯는 느낌이야. 이리도의 인기가 본격화되기 전이라 다행일지도 몰라. 괴짜끼리 사귀는 느낌이라 다들 납득하는 느낌이거든.”

“흥. 나는 하나도 납득 못했거든?”

“남자들 쪽은 어때?”

“여자애들에 비하면 그다지 화제가 되지 않는걸. 하지만 브라콤으로 위장하고 있던 이리도 양에게 이 기회에 수작을 부리려고 하는 바보가 있을지도 몰라…….”

"그런 것들은 전부 뿌리부터 뽑아버려."

"네가 말 안 해도 그렇게 하고 있어."

나도 스마트폰을 조작하며 말을 이었다.

"……그럼, 역시 소방 활동은 안 해도 되려나."

"역시?"

"이리도 녀석한테, 성가시면 내가 손 좀 써주겠다고 말했거든? 그런데 괜한 짓을 하지 말라더라고."

"괜한 짓……. 이리도는 주위에서 어떻게 여기든 상관없는 걸까."

"아니…… 그것보다……."

나는 떠올렸다. 소방 활동을 제안한 나에게, 이리도는 이렇게 말했다.

—히가시라를 바보 취급하는 거야?

"어떻게 생각해?"

"으음……."

아카츠키는 미간을 살짝 찌푸리더니, 고민하듯 고개를 갸웃거렸다.

"……히가시라 양은 나와 유메 앞에서는 사랑에 빠진 소녀 같거든? 이리도에게 칭찬을 받았다며 부끄러워하기도 하고, 꾸중 들었다며 풀이 죽기도 해……. 마치 나보다 어린애를 돌봐주는 기분이 든다니깐."

"뭐? 그게 어쨌다는 건데?"

"이리도는 그걸 알고 있을까……."

이 사이코 여자는 웬일인지, 걱정 섞인 목소리로 말했다.

"히가시라 양도 평범한 여자애라는 걸, 알고 있나 모르겠네……."

◆ 히가시라 이사나 ◆

"—저기, 히가시라 양! 점심 같이 먹지 않을래?"

다음 날에도, 히가시라 이사나 픽업 기간은 이어졌어요.

점심을 같이 먹자는 말을 들은 건, 제 기억에 따르면 평생 처음이에요. 미즈토 씨와 유메 양, 미나미 양과는 점심시간에 거의 만나지 않거든요.

"어, 아…… 저, 저라도, 괜찮다면……."

"물론이야! 가자! 아, 도시락파? 아니면 매점파?"

"아, 그게, 도시락 싸왔어요……!"

엄마…… 오늘 도시락을 싸줘서 고마워요. 보통은 하품을 하며 동전을 던져줄 때가 많은 만큼, 수마의 신에게 감사드려야겠어요.

이렇게 일이 잘 풀리니 뭔가에 속고 있는 느낌마저 들었지만, 저한테 같이 밥을 먹자고 말한 분들은 다들 상냥했어요. 여전히 이름은 기억하지 못하지만요…….

"이리도의 가족들과도 친하지? 그럼 이리도 양— 아, 으음, 시누이? 와도 아는 사이야?”

“아, 네……. 유메 양과는, 때때로 같이 놀기도 하는데요…….”

“뭐?! 그렇구나!”, “부러워~!”

이 식사 자리의 화제는 역시 미즈토 씨에 관한 것이었어요. 끊이지 않는 질문에 감탄할 정도로, 별의별 것을 다 물어봤어요. 혹시 미즈토 씨를 노리나 하는 생각이 들었지만, 아무래도 그저 호기심이 생겨서 묻는 것 같아요.

저도 가능한 한 대답을 해줬지만, 미즈토 씨와 유메 양의 사생활에 관한 것은 이야기하지 않았어요. 그 점을 이해하고 있는 분이 있어서, 제가 대답을 주저하는 기색을 보이면 「그건 말 못 할 거야~」 하며 친구를 말려줬어요. 그런 모습을 보니, 진짜로 좋은 사람들이라는 것을 알 수 있었어요.

하지만―.

“그래도, 멋지긴 해~. 이리도, 그렇게 얌전히 생겨서 말이야.”, “맞아. 싸움 같은 건 전혀 못 할 것 같잖아!”

“네?”

“히가시라 양이 불량배에게 희롱당하고 있을 때, 도와줬다며?”, “우와! 순정만화 같네! 부러워~!”

“……네?”

그런 말…… 한 기억, 없는데요?

“히가시라 양의 손을 잡고 도망쳤다며?”, “어? 불량배를 전부 박살 낸 거 아니었어?”, “아냐, 말솜씨로 논파했다던데?", "공주님 안기를 하고 도망쳤다고 들었어~."

과, 과장! 소문이 과장되고 있어요!

저, 저도 모르는 사이에 미즈토 씨가 슈퍼맨이……! 그런 이미지인가요?! 다들, 미즈토 씨를 백마 탄 왕자님으로 만들고 싶은 건가요?! 이해는 하지만요!

"저, 저기, 그렇지는—."

"히가시라 양, 이리도는 요리도 잘한다며?!"

다들 일제히 저를 주목했어요.

아…….

기대하고 있어요. 다들 제가 미즈토 씨의 멋진 에피소드를 이야기해주기를 바라고 있네요. 말 안 해도, 눈만 봐도 알겠어요.

하지만 여러분의 생각하는 만큼, 미즈토 씨는 완벽하지 않아요. 낮에 놀러 가보면 자다 막 일어난 건지 멍해 보였고, 사흘은 머리를 빗지 않은 적도 있는 데다, 팔굽혀펴기도 제대로 못 할 뿐만 아니라, 싸움 같은 걸 했다간 자기 손이 상할 거예요.

그러니, 부정해야…… 부정해야—.

"—요리, 는, 꽤 하는 것…… 같아요."

"역시 그렇구나!", "가정적이고 머리도 좋고 싸움도 잘하다니, 최강이네!", "게다가 얼굴도 귀여운걸!", "맞아!", "외모가 끝내줘!"

"동감이에요! 정말 귀엽게 생겼다니까요!"

거짓말이 아니에요! 요리를 잘하고, 귀엽게 생긴 건 사실이에요! 분위기를 흐릴 용기가 없는 건 아니에요!

진짜로…… 속일 생각은, 없었어요.

방과 후의 도서실에는 왠지 어제보다 사람이 많아진 것 같아요.

매일 사람 수를 센 건 아니니까 기분 탓일지도 모르지만, 저와 미즈토 씨가 평소처럼 창가에서 책을 읽고 있으니 소곤거리는 목소리가 귀에 들어와요.

저희 이야기를 하는 게 아닐지도 몰라요.

악의가 있는 건 아닐지도 몰라요.

하지만, 여름 방학 전까지의 정적을 기억하는 사람에게, 그것은 명확한 노이즈였어요.

도서위원과 사서 분이 잡담 금지라며 꾸짖어주면 좋겠지만 — 아, 참, 그러면 저와 미즈토 씨가 가장 먼저 혼나겠네요.

미즈토 씨도 시선이 신경 쓰이는 건지, 여름 방학 전이나 집에서와 다르게 저와의 신체 접촉을 자제하고 있어요. 평소 같으면 제 머리카락이나 귀를 아무렇지 않게 만지작거릴 텐데, 오늘은 전혀 그러지 않아요. 나름 그 손길을 즐겼던 만큼, 욕구불만이에요.

무엇보다 평소보다 미간에 주름이 생겨 있고, 표정도 딱딱한 것 같아요. ……이 상황에 들뜬 저보다, 미즈토 씨가 스트레스를 더 받는 걸지도 몰라요…….

"저기…… 장소를, 바꿀까요?"

제가 낮은 목소리로 제안하자, 미즈토 씨는 미소 지었어요.

"괜찮아. 신경 쓰지 마."

미즈토 씨는 항상 괜찮다고 말해요.

하지만 정말 괜찮은 걸까요. 저는 전혀 도움이 안 되니, 곤란한 일이 벌어져도 저한테 이야기하지 않는 것뿐일지도 몰라요.

고백했을 때도— 미즈토 씨는, 전 여친이 있다는 것을 밝히지 않았어요.

저는 바보에 단순하니까, 연인이 되지 못하더라도 친구로 있어 주겠다는 말에 기뻐서 오랫동안 신경 쓰지 않았지만— 그건 저를 슬프게 하지 않으려고 한 말이잖아요. 조금이라도 충격을 덜 주려고, 배려해준 거잖아요.

고백이 실패한 직후에 평소처럼 같이 놀고 싶다고 말하는 그런 비상식적인 억지에도, 군말 한마디 없이 어울려줬고…….

정말, 괜찮은 건가요?

저— 제대로, 하고 있나요?

"너는 평소처럼, 지내면 괜찮아."

괜찮아. 괜찮아. 괜찮아.

그래요.

그러면, 저도—.

"……교실에서 제가 어떻게 지내는지, 본 적도 없으면서……."

"뭐?"

어라?

……제가, 무슨 말을 한 거죠?

"히가시라……?"

"미즈토 씨, 왜 그래요?"

미즈토 씨가 배려하는 투로 그렇게 묻자, 저는 **평소와 다름없는 어조**로 되물었다.

큰일 날 뻔했네요.

또— 분위기 파악을, 못할 뻔했어요.

딱히 특별한 이벤트가 있었던 것은 아니에요.

일상의 반복과, 어리석은 되풀이가 이어졌을 뿐이에요.

그저 제가 『이상한 애』였고, 그것을 고치지 못했을 뿐이에요.

초등학생 때의 일을 예로 들게요. 같은 반 남자애 둘이 싸웠어요. 이유는 기억나지 않아요. 아마 한쪽이 험담해서 다른 한쪽이 때렸다, 같은 일이었던 것 같아요.

두 사람은 서로를 뒤엉켜서 싸웠고, 선생님이 뜯어말리자 양쪽 다 울음을 터뜨렸어요. 선생님은 자초지종을 듣더니,

두 사람에게 이렇게 말했다.

—두 사람 다 잘못했으니, 서로에게 미안하다고 말한 후에 친하게 지내렴.

지금 떠올려봐도, 이해가 안 된다니까요.

서로에게 사과하더라도, 먼저 때린 사람이 먼저 사과해야 해요. 게다가 저 두 사람은 평소에 사이가 좋지 않았어요. 사이가 좋지 않은 상대와, 어떻게 친하게 지내라는 걸까요—.

선생님은 이야기를 듣긴 한 걸까요?

아니, 이 두 사람을 제대로 이해하고 있긴 한 걸까요?

저는 그렇게 말했어요.

그 싸움에 전혀 관여하지 않았던 저는, 머릿속에 떠오른 의문을 선생님에게 던졌어요.

그 순간, 교실을 휘감았던 분위기는 지금도 선명하게 기억해요. 선생님은 거북한 표정으로 입을 다물었고, 클래스메이트들은 『왜 괜한 소리를 하는 거야?』라는 표정으로 저를 쳐다보았어요. 그리고 싸움을 한 남자애들은 부끄럽다는 듯 입술을 깨물며 얼굴을 새빨갛게 붉히더니, 저를 노려봤어요.

기억해요. 그 학기의 생활 통지표에는 『협조성이 조금 떨어지는 편입니다』라고 적혀 있었어요. 협조성이란 말을 검색해본 저는 엄청 충격을 받았어요. 즉, 저는 다른 사람들과 친하게 지낼 수가 없는 것 같아요. 언제나 선생님은 서른여섯 명의 클래스메이트를 향해 『모두 친하게 지내렴』 하고 말하는데도 말이에요.

제가 울면서 엄마한테 그렇게 말하니, 엄마는 웃음을 터뜨렸어요.

—친하게 지내?! 서른여섯 명 전원과?! 그딴 게, 푸하하하! 가능할 리가 없잖아, 이 바보야! 아하하하하하하!!

—이거 좀 봐, 이사나! 내 계정에는 프렌드가 112명이나 있지만, 이 녀석들은 내가 실수하면 인정사정없이 욕을 해댄다고! 그래도 게임 안에선 친구지! 쌍욕을 퍼부어대면서도 물자가 있으면 나눠주고, 적에게 공격을 받으면 도와줘— 친하게 지낼 필요 따위는 없다고! 하고 싶은 말이 있으면 해. 싸워도 괜찮아! 겨우 그딴 일로 곤란해하는 건 애들의 본심도 받아줄 수 없는 못난 어른뿐이지! 하하하하하하!!

엄마는 제 우상이었어요. 엄마처럼 자유롭게, 당당하게 살고 싶다고 저는 항상 생각했어요. 그래서 통지표보다 엄마를 믿었어요. 하고 싶은 말이 있으면 해. 싸워도 괜찮아. 엄마의 말대로, 하기로 했어요.

그 결과, 초등학교에서는 친구가 한 명도 생기지 않았어요.

외톨이인 채 중학생이 됐고, 그리고—.

—저기, 히가시라 양. 분위기 파악 좀 해.

—괜한 소리를 하니까, 모두 질색하는 거야.

—시끄럽네! 모두가 뭔지도 몰라?! 그러니까 짜증 난다는 소리를 듣는 거야!

분위기가 뭔데요?

모두가 누구인데요?

제가, 틀린 말을 했나요?

—히가시라, 너도 하고 싶은 말이 있겠지. 하지만 굽힐 줄을 모르면, 사회에서 살아가지 못해.

—그런 태도로 괜찮을 것 같아?! 상식적으로 생각해!

사회가 어디인데요?

상식이 뭔데요?

왜…… 모두, 화를 내는 거죠?

모르겠어요. 모르겠어요. 모르겠어요.

아무것도 가르쳐주지 않았잖아요. 왜 아는 게 당연하다는 투로 말하는 건데요. 모두가 달라서, 모두가 좋아, 라는 동요가 있죠? 초등학교 때 배우잖아요? 그런데 왜 다른 말을 하면 화내는 거죠. 왜 모두와 같아지라고 말하는 건데요.

그럴 수 없어요.

저는 다른 사람처럼, 모두에게 적극적으로 말을 걸지 못해요. 교과서를 빌리러 못 가요. 지우개를 떨어뜨려도 주워달라는 말을 못 해요. 체육 과목에서 짝을 짓지 못해요. 사회과 견학의 감상문을 쓰지 못해요. 노래 테스트에서 목소리를 못 내요. 급식을 다 먹지 못해요.

모두가 당연한 듯 해내는 일을, 저는 못해요.

이건, 제 탓인가요? 제 잘못인가요? 노력으로 해결될 일인가요? 힘내면 남들처럼 될 수 있나요? 그러면 왜, 다들 저처럼 되기 위해 힘내주지 않는 건가요? 자기가 하려고 하지 않는 일을, 왜 저한테 강요하는 건가요?

저한테만, 너는 이상하다고 말하지 마세요.

제가 보기엔, 모두가 이상하단 말이에요.

엄마는 제 우상이에요. 하지만 저는 엄마처럼 될 수 없어요. 남한테 미움을 받아도 웃으며 넘겨버릴 수 없고, 멋대로 행동하면서도 친구를 만들 수 있을 만큼 인망이 좋지도 않아요.

가능하다면, 다른 사람들처럼 되고 싶어요. 누가 가르쳐주지 않아도 분위기를 파악할 수 있고, 상식도 자연스럽게 지니게 되며, 어른에게 칭찬을 받으면서, 사회에서 평범하게 살아가는 인간이 되고 싶어요. 하지만, 될 수 없어요. 왜냐하면 그런 짓을 했다간, 저는 제가 아니게 될 테니까요.

라이트노벨의 캐릭터처럼, 제가 저인 채로 살 수 있는 세계는 어디에 있는 걸까요.

이세계에 가면 될까요. 이 세상에서는 살기 힘든 저도, 이세계 전생을 하면 편히 살 수 있을까요?

어이없는 망상이라고 생각해요.

보잘것없는 현실도피라, 한숨이 날 것만 같아요.

하지만, 중학생 때의 저에게는 유일한 선택지였어요.

그래서— 같은 중학교에 다닌 학생이 한 명도 없을, 진학

고를 간 거예요.

그리고, 머리가 좋은 대학교에는 괴짜가 많다잖아요.

머리 좋은 사람이 많은 곳에 가면, 저 같은 사람이 잔뜩 있지 않을까— 제가 『모두』에 속할 수 있지 않을까, 하고 생각했어요.

결국…… 별반 다르지 않았지만요.

모두는 결국 모두였어요. 저는 결국 저였고요.

—이 시리즈, 너도, 좋아하는 거야?

하지만, 미즈토 씨와 만났어요.

미즈토 씨만이, 저한테 화내지 않았어요.

분위기 파악 좀 하라고도, 상식적으로 생각하라고도, 말하지 않았어요.

제가 이상한 말을 하면, 뭐가 이상한 건지 생각해줬어요.

저보다도, 이상한 말을 해줬어요.

함께 있어 주겠다고…… 말했어요.

그래서— 맞아요. 그래서.

눈치채고 말았어요.

저 같은 애 때문에, 미즈토 씨가 곤란해지면 안 된다고요.

"히가시라 양. 어제, 이리도 씨와 도서실에서 만났다며?"

"진짜 러브러브하네~!"

다음 날 점심시간에도, 어제 그 여자애들이 저에게 말을 걸어줬어요.

그 마음은 기뻐요. 정말 기뻐요.

하지만…… 저에게는, 우선순위가 있어요.

"자아. 같이 점심 먹으러 가자. 이야기 좀 들려줘—."

"저, 저기!"

용기를 쥐어짜 내서 큰 목소리를 내자, 다들 입을 다물며 제 얼굴을 쳐다봤어요.

저는…… 무심코 고개를 숙이고 말았지만, 그래도…… 해야 할 말을, 입에 담았어요.

"저, 저는…… 미즈토 씨와, 사귀지, 않아요."

말했어요.

말하고 말았어요.

이게 진실이에요. 저는 미즈토 씨의 여친이 아니에요. 실은 고백했다가 깔끔하게 차인 패배자예요.

그러니까, 이제…… 미즈토 씨를, 저희를, 내버려 두세요.

잠시, 침묵이 감돌았어요.

제 의도를 파악하지 못해서 생겨난 침묵이에요.

그리고, 항상 저를 배려해주던 분이…….

"에이. 부끄러워할 필요 없어~."

……하고 말하며, 제 어깨에 손을 올려놨어요.

나쁜 뜻은 없었을 거예요.

나쁜 건, 굳이 따지자면, 마음을 제대로 전하지 못하는 저라고 생각해요.

하지만, 어쩔 수 없잖아요.

저는 이럴 수밖에 없는걸요.

"—정말이에요!!"

제 예상보다 목소리가 컸어요.

교실에 정적이 감돌더니, 미심쩍은 시선이 제 몸을 꿰뚫는 감촉이 느껴졌어요.

화…… 화……낼 생각은, 없었, 어요.

저는…… 하지만…… 아니…… 그게 아니라…….

죄송해요.

죄송해요. 죄송해요. 죄송해요. 죄송해요. 죄송해요. 죄송해요. 죄송해요. 죄송해요. 죄송해요. 죄송해요. 죄송해요.

"……죄, 죄송해요……."

가슴속에서 소용돌이치는 마음의, 극히 일부를 조그마한 목소리로 토해냈어요.

들렸을까요. 모르겠어요. 저는, 적당한 목소리 크기라는 걸, 정말 몰라요.

"아, 저기……."

그분은, 거북한 듯 제 어깨에 놓인 자신의 손을 치웠어요.

"……그게…… 미안해."

그렇게 말하며— 저한테서 떨어진 여자분들이 낮은 목소

리로 이야기를 나누기 시작했어요.

또…… 분위기 파악을 못 한다는 말을 듣고 있는 거겠죠.

"……하아."

한숨을 내쉬었어요.

어깨의 짐을 내려놓은 기분이에요.

그 후로 주위의 정보를 차단한 저는 그대로 교실을 나섰어요.

오늘은 엄마가, 도시락을 싸주지 않았거든요.

◆ 이리도 미즈토 ◆

"……아직 안 왔나."

평소처럼 도서실에 가봤지만, 히가시라는 보이지 않았다.

짐을 창가 공조 설비 위에 내려놓은 후, 읽던 문고 서적을 꺼냈다. 수업이 길어지거나, 청소라도 하는 걸까. 뭐, 곧 있으면 올 것이다.

그리고— 나는, 책을 다 읽었다.

어?

나는 고개를 갸웃거렸다. 지금 몇 시지? 다 읽은 책을 가방에 넣어둔 후, 스마트폰을 꺼냈다.

……오후 다섯 시?

내가 도서실에 도착하고, 이미 한 시간은 지났다. —수업도, 청소도, 이미 끝났을 시간이다.

하지만 히가시라는 나타나지 않았다.

LINE을 체크해봤지만, 연락이 없었다. 그 녀석, 무슨 일이지? 감기에 걸려서 학교를 쉰 걸까?

조용한 도서실에서, 카운터에 앉은 도서위원이 책을 넘기는 소리만이 울려 퍼졌다.

……조용하잖아?

이제서야 눈치챘다.

어제 몰래 우리를 훔쳐보던 구경꾼들이, 없다.

질린 건가? 이렇게 빨리? 그럼 기뻐해야 할 일이지만—.

내 뇌리에 갑자기 떠오른 것은, 어제 히가시라가 중얼거렸던 말이었다.

—……교실에서 제가 어떻게 지내는지, 본 적도 없으면서…….

그런 히가시라는…… 본 적이 없다.

내가 아는…… 히가시라가 아니다.

바로 그때, 손에 쥐고 있던 스마트폰에서 소리가 났다.

화면에 표시된 대화 화면에, 변화가 있었다.

〈죄송해요. 오늘은 못 갈 것 같아요〉

이제 와서, 히가시라한테서 메시지가 온 것이다.

나는 바로 메시지를 보냈다.

〈무슨 일이야? 감기라도 걸렸어?〉

읽음 표시가 떴다.

한동안, 답장이 없었다.

〈좀 볼일이 있어서요. 죄송해요〉

위화감이 느껴졌다.

이런 메시지를 보내는데, 왜 이렇게 시간이 걸린 걸까?

왜 이렇게 퉁명한 거지? 평소 같으면 『간병해줄 거예요?』라고 답할 텐데 말이다.

게다가— 무엇보다.

왜, 이렇게 사과하는 거지?

〈반에서 무슨 일 있었어?〉

또, 시간이 걸린 후에 답장이 왔다.

〈아무 일 없었어요〉

〈한동안 안 만나는 편이 좋을 것 같아요〉

연이어 날아온 메시지 두 통을 본 나는 미간을 찌푸렸다.

〈무슨 말을 들은 건데?〉

〈너답지 않아. 주위의 말은 신경 쓰지 마〉

내가 재촉하듯 그런 메시지를 보내자, 이번에는 바로 답장이 왔다.

〈저는 원래 이런 애예요〉

〈죄송해요〉

그 후로는, 아무리 메시지를 보내도 답장이 없었다.

거실 소파에 누워서, 천장을 쳐다봤다.

책을 읽을 마음이 들지 않았다.

『죄송해요』라는 무미건조한 문자가, 눈앞에서 계속 어른거렸다. 책을 읽으려고 해도, 그 네 글자가 페이지 위에 어른거린 탓에 내용이 머리에 들어오지 않았다.

그래서, 천장만 멍하니 쳐다봤다.

거기에 비친, 히가시라의 『죄송해요』만을 응시했다…….

"……저기, 괜찮아?"

그러자, 거기에 겹쳐지듯 유메의 얼굴이 시야에 들어왔다.

유메는 등받이 너머에서 긴 머리카락을 쓸어 넘기며 내 얼굴을 들여다봤다.

"양말을 신겨줬다는 이야기까지 학교 안에서 돌고 있어. 좀 숨는 게 어때? 도서실 구석 같은 곳은 마음만 먹으면 누구라도 볼 수 있으니까—."

"—왜 그래야 하는데?"

"우왓."

내가 벌떡 몸을 일으키자, 유메는 그렇게 외치며 몸을 뒤편으로 뺐다.

분노가 치밀어 올랐다.

세상만사가 신경에 거슬렸다. 이 세상의 모든 것이 싫어졌다.

"나와 히가시라는 전부터 그 자리에서 이야기를 나눴어— 그런데, 왜 우리가 숨어야 하는 거냐고. 왜 우리가 숨어야만 하는 건데? 왜!"

"저, 저기…… 왜 그래?"

유메가 당혹스러운 눈길로 쳐다보자…… 나는 그제야 자신이 흥분했었다는 사실을 깨달았다.

한숨 덩어리를 토한 후, 천천히 고개를 저었다. 머릿속은 약간 식었지만…… 가슴속에서 끓고 있는 분노까지 사라지진 않았다.

"……미안해."

"괜찮긴 한데……."

유메는 내 얼굴을 지그시 쳐다봤다.

그리고…….

"옆으로 좀 가봐."

"뭐?"

"잔말 말고, 자리 좀 만들란 말이야!"

시키는 대로 소파 가장자리로 이동하자, 유메는 빈 곳에 털썩 앉았다.

그리고 무릎에 손을 얹더니, 나를 똑바로 바라보았다.

"털어놔."

"……뭐어?"

"전부 실토하란 말이야! 히가시라 양과 무슨 일이 있었던 건데?!"

"너와는 상관없―."

"그 말 할 줄 알았다니깐~! 미리 반론 생각해뒀거든?! 가족과 친구의 일인데, 내가 왜 상관없다는 거야!"

나는 입을 다물었다.

어처구니없게도…… 논파당하고 말았다.

유메는 표정을 풀더니, 우는 아이를 달래는 엄마처럼 상냥한 목소리로 말했다.

"……무슨 일이야? 나쁜 일이라도 있었어?"

"그게……."

"만약 너희를 괴롭히려 드는 시건방진 녀석이 있다면, 어떤 수를 써서라도 따끔한 맛을 보여주겠다—고, 아카츠키 양이 말했어."

"그 녀석은 대체 무슨 짓을 하려는 거야……."

아아, 젠장, 하아.

괜한 오해 탓에 따끔한 맛을 보게 되는 인간이, 생기게 둘 수는 없잖아.

"……적어도, 나는 아무 짓도 당하지 않았어. 카와나미가 보디가드를 해주고 있거든."

"그건 알아. 그럼 히가시라 양 쪽이야?"

"……그것도, 몰라."

나는 관자놀이에 손가락을 대며, 미간을 찌푸렸다.

"카와나미한테 들은 이야기인데, 히가시라도 집단 괴롭힘을 당하는 것 같지는 않아. 여자애들이 말을 걸기나 하는 정도래. 본인도 비슷한 이야기를 했어. 그런데……."

나는 히가시라가 도서실에 오지 않았다는 것을 유메에게 이야기한 후, LINE을 통한 대화도 보여줬다. 이렇게 됐으니 체면 차릴 때가 아니다.

"나를 배려해서 이러는 것 같아. 하지만 고백 실패도 극복했던 히가시라가, 겨우 주위의 반응 같은 걸 신경 쓸 리가—."

"—하아아아아아아……."

유메의 입에서 깊디깊은 한숨이 끝도 없이 넘쳐 나왔다.

나는 고개를 갸웃거렸다.

"……지금부터, 나는 태어나서 처음으로 그 단어를 입에 담을 거야. 천박하게 여겨질지도 모르지만, 이것 말고는 너를 표현할 말이 생각나지 않거든."

"뭐?"

척.

유메는 나를 손가락으로 가리키더니— 턱을 살짝 기울이며, 고압적인 어조로 말했다.

"이— 동정 자식!!"

쩌적.

나는 돌처럼 굳어버렸다.

"고백 실패를 극복해? 주위의 반응 따위를 신경 쓸 리 없어? 뭘 몰라도 한참 모르네! 이래서 동정은 문제야! 여자한테 너무 환상을 품는다니깐!!"

"아니…… 뭐? 환상 같은 건—."

"가지고 있잖아! 히가시라 양에게 네 소망을 강요하지 마! 너는 독서가 나부랭이니까, 히가시라 양을 팜 파탈이라고 몰래 부르는 거 아냐?!"

"그런 적 없어!!"

이 여자는 이 세상 모든 독서가가 자기 주위의 여성을 팜 파탈이라고 부른다고 생각하는 걸까. 그건 편견이야!

"주위의 반응을 신경 쓰는 게 당연하잖아?!"

유메는 침까지 마구 튀겨가며 말했다.

"자기가 신경 쓰이는 게 당연하고— 좋아하는 사람이라면, 더 신경 쓰일 거야."

"……."

"히가시라 양과의 둘만의 장소를 남들이 호기심 어린 눈길로 쳐다보니 짜증 났지? 그게 태도에서 전혀 드러나지 않았다고 단언할 수 있어? 그런 너를 보고, 히가시라 양이 어떤 생각을 했을 것 같아? 그 내성적이고, 심약하며, 분위기 파악 못 하는 것 같지만 때때로 파악하는 그 애가, 조금도 두려워하지 않을 거라고 딱 잘라 말할 수 있어?"

히가시라는…… 때때로 불안한 듯 내 안색을 살필 때가 있다.

나는 그때마다 말했다. 괜찮다고— 약속대로, 나는 변하지 않겠다고 말이다.

—으음~. 저도 그렇게 차분한 편은 아니라고 생각하는데요.

—……내키지, 않나요?

—오늘, 기분 안 좋으세요?

그것만으로, 정말 괜찮은 것일까.

그녀는 정말, 전혀 불안하지 않은 것일까.

나는— 히가시라 이사나를, 정말 알고 있는 것일까?

"사실 그 애는, 평범한 애야. 너를 좋아하고, 그런 네가 히가시라 양을 주위의 반응에 좌우되지 않는 괴짜라고 생각하니까, 거기에 맞춰주고 있을 뿐이지. 그렇지 않다면, 그렇게 간단히 친구 사이로 되돌아가지 못해. 분명 실연의 상처를 숨기며—."

"—고마워. 그 정도면 충분해."

나는 유메의 말을 끊었다.

자신이 얼마나 어리석었는지는, 충분히 깨달았다.

하지만— 유메의 말을 덥석 믿을 만큼, 나는 히가시라 이사나를 과소평가하지 않는다.

나한테 맞춰주고 있을 뿐?

실연의 상처를 숨기며, 친구로 되돌아갔다?

정말로?

"네 의견은, 알겠어. 진짜로 참고가 됐어. ……하지만 나는 그걸 진심으로 믿을 수는 없어."

"……어째서야?"

"말하자면, 나는 히가시라의 중증 오타쿠거든."

미심쩍어하는 유메에게, 나는 말했다.

"원작 설정이야말로 정의야."

"여보세요."

『……미즈토 씨?』

"드디어 받았구나."

『죄송해요. 게임을 하느라…….』

"네 시간이나 말이야?"

『그렇게 됐네요.』

"뭐, 네 시간 동안 전화를 건 나도 이상하긴 해."

『……정말, 그래요.』

"밤도 늦었으니까, 잡담은 적당히 하는 편이 좋겠는걸."

『저는 괜찮은데요?』

"아냐. 오늘은 단도직입적으로 말하겠어. 히가시라, 나는 너를 오해한 거야?"

『……그게 무슨 말이에요?』

"나는 너를 강한 인간이라고 생각했어. 아무리 상처 입더라도, 금방 그걸 이겨낼 수 있는 심지를 지닌 인간이라고 말이야."

『에이, 저만큼 약해빠진 인간은 없을걸요?』

"유메는 그렇게 말했어. 사실 너는 평범한 여자애인데, 내가 너를 이상한 애라고 여기니까 거기에 맞춰준 것뿐이라고 말이야."

『……으음~, 그럴지도 모르겠네요. 잘은 모르겠지만요.』

"이상한 이야기인걸."

『뭐가 말인가요?』

"너, 전에 말했지? 그러니까…… 유메 녀석이 이상해서, 너와 상의했을 때 말이야."

『아~, 유메 양과 제대로 이야기를 나눠본 적 없었을 때 말이군요. 기억해요.』

"그래. 그때, 너는 말했어—『자기한테는 기준이 있고, 그것을 위협받으면 임전 태세에 들어간다. 그래서 분위기 파악 못 한다는 말을 자주 듣는다』라고 했어."

『……말, 했어요. 용케 기억하네요.』

"그 말을 들었기 때문에, 나는 너한테 심지가 있다고 생각했어. 주위의 반응에 좌우되지 않는, 강한 심지 말이야. 모순되지 않아? 그런 녀석이, 왜 나한테 맞춰주며 태도를 바꾸는 건데?"

『그냥 대충 한 거죠. 그 말도 라이트노벨에서 본 걸 그냥 늘어놨을 뿐일 거예요.』

“그럴지도 몰라. 하지만 나는 그다음에 말했어. 『나하고 있을 때는 분위기 파악할 필요 없다. 내가 파악해줄 테니까』라고 말이지.”

『…….』

“기억해?”

『……기억해요.』

“너는 그걸 잊은 거야? 아니면 무시하는 거야?”

『글쎄요. 지금은 기억하고 있지만, 깜빡할 때도 있는 건지도 몰라요.』

“고백했을 때도 그랬어?”

『네?』

“고백을 한 네가 분위기 파악 못 하고 평소처럼 같이 하교하자고 말했을 때도, 그 말을 깜빡했던 거야?”

『…….』

“어때?”

『……기억하고 있었어요.』

“…….”

『기억 못 했다면…… 그런 말을, 할 리가 없잖아요.』

“……솔직히 말하자면, 나는 잊고 있었어.”

『그렇다면, 미즈토 씨는 원래 그런 사람인 거네요. 그때, 미즈토 씨는 저를 대신해 분위기 파악을 해줬어요. 저를 배려해줬죠.』

“그래.”

『그때는 진짜로 구원받았고— 동시에, 비참해졌어요.』

“……왜……?”

『후후. 제가 말하고 깜짝 놀랐어요. 그래요. 비참했었던 거네요. 저는, 그때…….』

“왜야? 그때, 너는 멋졌잖아. 나는…… 그때만큼, 남을 존경해본 적이 없어.”

『과대평가예요. 그러는 미즈토 씨야말로 멋졌어요. 멋지고, 강하며, 당당했죠. 저는— 미즈토 씨처럼 되고 싶었어요.』

“…….”

『친구 같은 게 없어도, 혼자 강하게 살아갈 수 있게 되고 싶었어요. 그게 더 멋지잖아요. 히키가야 하치만[#5]처럼요. 아야노코지 키요타카[#6]처럼요. 시바 타츠야[#7]처럼요. 최강의 주인공 같아요. 누구라도 가능하다면, 그런 식으로 살아보고 싶다고요.』

“…….”

『하지만, 저한테는 무리예요. 할 수 없어요. 저는 이상한 애가 아니에요. 평범한 애도 아니에요. 그저, 분위기 파악을 못 하는 녀석이에요. 그건 희소하지도, 귀중하지도 않아

#5 히키가야 하치만 가가가 문고의 라이트노벨 『역시 내 청춘 러브코메디는 잘못됐다』의 주인공.
#6 아야노코지 키요타카 MF문고J의 라이트노벨 『어서 오세요 실력지상주의 교실에』의 주인공.
#7 시바 타츠야 전격문고의 라이트노벨 『마법과고교의 열등생』의 주인공.

요. 그저, 능력이 부족할 뿐이에요. —숨겨진 실력 같은 건 없는, 일개 낙오자예요.』

"……."

『이번에도, 저는 분위기 파악을 못 한 것 같아요. 미즈토 씨는 한동안 저와 만나지 않는 것을 바라지 않았어요. 어영부영 대충 넘어가기로 정했으면서, 저는 클래스메이트에게 사귀지 않는다고 딱 잘라 말했어요……. 정말, 항상 이런다니까요. 머리로는 답을 알면서, 직면하게 되면 항상 틀린 선택지를 고르고 말아요.』

"……."

『지금도, 지금도 그래요. 저는 왜 이렇게 넋두리를 늘어놓고 있는 걸까요. 나중에 후회할 게 틀림없어요. 질겁할 거예요. 잊고 싶어 할 거예요. 그런데도 이런다니까요. 분위기 파악을 못 해요. 항상 자기만 신경 쓰느라, 주위가 안 보여서—에헤헤. 이상한 애라는 말을 들을 때도…… 실은, 조금 기뻐요. 진짜로 이상한 애라면, 그런 생각을 안 할 텐데…… 범골다운 발상이라 어이가 없다니까요.』

"……."

『그러니까, 뭘 해도 어중간해요……. 그림을 그려도, 소설을 써도, 인터넷 방송을 해보려고 해도, 전부, 남한테 보여주기 직전에 관둬요. 그럴 수밖에 없잖아요? 인터넷에는 저보다 「이상한 사람」이 잔뜩 있어요. 그 사람들에 비하면, 저는 별것 아니란 말이에요.』

"……."

『하지만, 미즈토 씨는 진짜예요. 진짜 「이상한 사람」이에요. 그래서 동경했고…… 그래서 같이 있고 싶었고…… 그래서…….』

"……."

『……그래서…….』

"좋아하게 된 거야?"

『아뇨.』

"……."

『그건…… 그건, 아니에요. 네, 아니에요. 그건…… 그것만은, 아마도…….』

"……."

『…….』

"……히가시라."

『네…….』

"내 옛날이야기를 좀 할게."

『네.』

"중학생 시절, 내 애독서는 『도구라 마구라』였어. 짐작되겠지만 『일본 3대 기서 중 하나』라는 직함이 멋져서 좋아했던 것뿐이야. 내용은 거의 이해가 안 됐어."

『……우와아…….』

"그럴 때, 여친이 생겼어. 그 녀석은 본격 미스터리 마니아였는데, 미스터리에 환장한 건지 『녹스의 10계[#8]』에 어긋나는 작품은 싸잡아서 비난했어."

『……우와아아아아…….』

"즉, 나나 그 녀석이나 평범한 중학생이었어. 평범한 커플이었지. 하품이 날 정도로 말이야. 소설로 써먹지도 못할 정도야."

『…….』

"아마 이상한 녀석 같은 건 없어, 히가시라. 다들, 평범해."

『……우리 엄마는 정반대되는 이야기를 해주셨어요.』

"모두가 이상한 녀석이라면, 이상한 녀석이야말로 평범해."

『그럴지도…… 모르겠네요.』

"평범한 고등학생을 자칭하는 녀석이, 실은 가장 이상하기도 한 거야."

『그런 주인공, 의외로 흔해요.』

"흔하다면, 그 녀석도 평범해."

『모든 인류는, 평범한 건가요?』

"모든 인류는 최강도 뭣도 아닌, 평범한 주인공이야."

『어딘가에서 들은 적 있는 대사네요.』

#8 녹스의 10계 로널드 녹스가 발표한, 미스터리의 기본 규칙 10가지.

"나도, 평범하거든."

『…….』

"……."

『……그래도…… 역시, 미즈토 씨는, 이상해요.』

"그렇게 치면, 너도 마찬가지야."

『미즈토 씨만큼은 아니에요.』

"과대평가야."

『그럼— 증명해주세요.』

"……."

『미즈토 씨도 평범하다는 걸…… 저와 별반 다르지 않다는걸…… 증명해주세요.』

"……알았어."

『바로 답하는 걸 보면, 평범하지 않아요.』

"평범해."

『어째서요?』

"분위기를 파악해서, 일단 대충 대답하고 볼 뿐이거든."

『……후훗.』

"웃겨?"

『아뇨. ……그 정도라면, 저도 할 수 있을 거예요.』

◆ 히가시라 이사나 ◆

전화를 끊은 후, 저는 제 방의 천장을 쳐다봤어요.

……이것도, 싸운 거라고 할 수 있을까요.

저, 친구와 싸운 걸까요.

그것조차도 기뻤고— 제가 기뻐하고 있다는 사실에 더 기뻤어요.

자기혐오에 빠지겠어요.

평범한 사람은 이런 일로 기뻐하지 않을 거예요. 평범한 사람이 기뻐하지 않을 일로 기뻐하는 저는 이상한 애이며, 그리고 마음 한편으로 자신이 그렇다는 사실을 기뻐하고 있어요.

정말 어중간해요.

정말, 정말, 꼴사나워요.

이런 저와, 미즈토 씨가 똑같을 리가 없어요. 미즈토 씨는 머리가 좋고, 주위에 휘둘리지 않으며, 확고한 심지를 지닌 사람이에요. 저와 마찬가지라는 걸 증명하겠다고 말했지만, 그런 말을 할 수 있다는 것 자체가 평범하지 않다는 증거잖아요.

그런 사람은, 존재해요.

그리고 저는, 그런 사람이 아니에요.

이불로 몸을 만 후, 몸을 웅크렸어요.

만약 이세계로 전생하더라도, 저는 분명, 아무것도 못 할 거예요.

다음 날.
점심은 혼자서 먹었어요.
방과 후에는 바로 집에 갔어요.
미즈토 씨와 만나지 않았어요.

다음 날.
학교에 안 가는 날이있어요.
잠만 퍼질러 잤어요.
미즈토 씨와는 만나지 않았어요.

다음 날.
학교에 안 가는 날이었어요.
잠만 퍼질러 잤어요.
전에 그렸던, 미즈토 씨의 그림을 봤어요.
미즈토 씨와는 만나지 않았어요.

다음 날.
점심은 혼자서 먹었어요.
방과 후에는 바로 집에 갔어요.
미즈토 씨와 만나지 않았어요.

다음 날.
점심은 혼자서 먹었어요.
방과 후에는 바로 집에 갔어요.
전에 그렸던, 미즈토 씨의 그림을 봤어요.
미즈토 씨와 만나지 않았어요.

다음 날.
문화제 실행위원이 결정됐어요.
다들 문화제에서 뭘 할지 의논하기 시작했어요.
저와 미즈토 씨의 이야기를 하는 사람은, 한 명도 없었어요.

일주일이 흘렀어요.
점심은 혼자서 먹을— 생각이었어요.
『히가시라.』

바로 옆에서, 목소리가 들려왔어요.

『히가시라. 내 목소리, 들리지?』

머뭇거리며, 고개를 들었어요.

제 자리 바로 앞에, 미즈토 씨가 서 있었어요.

『마중 왔어.』

저는 두리번거리며 주위를 살폈어요.

오래간만에 인식한 교실에서는, 다들 저와 미즈토 씨에게 주목하고 있었어요. 복도를 걷는 사람마저 멈추고, 무슨 일이냐는 듯 저희를 쳐다보고 있어요.

『괜찮아.』

바로 그때…….

평소처럼, 미즈토 씨가 말했어요.

『나는, 남들에게 주목받는 걸 싫어하긴 하지만—.』

그 후, 약간 멋쩍은 듯 미즈토 씨가 말했어요.

『그것보다, 너와 이야기를 나눌 시간이 사라지는 게 더 싫어.』

……그 순간, 교실 안에 정적이 감돌았어요.

아.

어?

……어엇?!

방금 들은 말을, 몇 초 만에 인식했고…….

그 순간— 심장이 격렬하게 날뛰었어요.

단숨에, 순식간에, 얼굴이 불난 것처럼 달아올랐어요.

그 후, 교실 안의 여자애들이 새된 환성을 질렀어요.

『꺄아~!』, 『드, 듣고, 나도 저런 말 듣고 싶어!』, 『아, 잠깐만, 진짜 무리. 못 버티겠어……!』

교실 안이 소란스러워지더니, 여자애 중에는 호흡 곤란에 빠진 이도 몇 명 있어요.

아니, 저기, 어라? 잠깐, 방금 그 말…… 저? 저, 한테…… 한 거 맞죠?

이렇게, 많은 사람 앞에서, 당당히— 아아…….

역시, 평범하지 않잖아요.

"……."

잠에서 깼어요.

꿈이었어요.

그것도, 악몽이었어요.

더는 자고 싶지 않아서, 방금 그 꿈을 또 꾸고 싶지 않아서, 저는 몸을 일으켰어요.

미즈토 씨라면, 할 것 같은 행동이에요.

제가, 기뻐할 만한 행동이에요.

어쩌면, 그런 대단원이 존재할지도 몰라요.

미즈토 씨가 저를 데려가려고 우리 반에 당당히 나타나고, 다들 환성을 지르는 가운데, 저는 그들을 무시한 채—.

정말, 멋져요.

가능하다면 그러고 싶어요.

하지만—.

미즈토 씨니까, 가능한 거예요.

"—이사나아앗! 이제 그만 일어나, 짜샤!!"

"우왓! 이, 일어났어요! 일어났다고요~!"

오늘도, 학교에 가야 해요.

그저 평범하게, 학교에 가야 해요.

아무 일도 없이 점심시간이 끝났고, 수업도 끝났어요.

……오늘도, 도서실에는 안 가요.

실은 딱 한 번, 참지 못하고 살펴보러 간 적이 있어요. 평소의 그 자리에, 미즈토 씨는 없었어요.

……딱히, 이렇게까지 노력할 필요는 없는데 말이죠.

이제, 아무도 저희를 신경 쓰지 않아요. 그러니 더는 거리를 둘 필요가 없는데…… 어찌 된 건지 미즈토 씨는 스마트폰을 통해서 한 저의 별것 아닌 부탁을, 열심히 지켜주고 있어요.

알아요. 친구니까요.

그런 건 없었던 일로, 못 들은 걸로 하고, 예전처럼 도서실에서 만나 수다를 떨고, 쉬는 날에 서로의 집에 놀러 가는……

저는, 그걸로 됐어요. 이제 됐잖아요. 그건, 미즈토 씨의 말에 울컥해서 한 말실수라고요…….

저는 몰래 가방에서 태블릿을 꺼낸 후, 일전에 그렸던 미즈토 씨의 사진을 봤어요.

미즈토 씨가 집에 왔을 때 그린, 그림.

옷을 안 입었고, 실제보다 근육질이며…… 음란한 부위를 그려 넣을까도 했지만, 그때마다 혐오감과 죄책감을 느껴서 관둔, 그림.

이 그림을 볼 때마다, 후회가 샘솟아요.

—죄송해요.

무심결에 이상한 소리를 해서 죄송해요. 그냥 잊어주세요. 웃고 넘어가 주세요. 진지하게 받아들이지 마세요.

분위기 파악 못 하는 제가 한 말은, 그냥 공기처럼 무시해주세요.

저는 그걸로 충분해요.

저를 봐주지 않더라도, 저를 생각해주지 않더라도, 그저 제가 당신을 생각하는 것만으로 충분하니까—.

"……휴우."

작게 한숨을 내쉬며, 부정적인 생각으로 가득 차려고 하는 머릿속을 환기시켰어요.

화면을 끈 태블릿을 다시 집어넣은 후, 가방을 잠갔어요.

자아— 그럼, 오늘도 바로 가볼까요.

돌아가는 길에 서점에 들러야겠어요. 어쩌면 신간을 빨리 구매할 수 있을지도 모르니까요—.

바로 그때, 교실 안이 술렁거리기 시작했어요.

무슨 일일까요? 하고 한순간 생각했지만, 아마 저와는 상관없을 거예요.

"히가시라."

바로 그때— 가까이에서, 목소리가 들려왔어요.

어라?

아침에 꾼 악몽에서 아직 벗어나지 못한 걸까요. 미즈토 씨의 환청이 들리다니, 제가 생각해도 참 못났네요.

"히가시라. 내 목소리, 들리지?"

—어라?

혹시…… 환청이 아닌, 건가요?

머뭇거리며, 고개를 들었어요.

이번에는, 환각이라고 생각했어요.

하지만 아니나 다를까, 이건 현실이에요.

제 자리 바로 앞에, 진짜 미즈토 씨가 서있어요.

"……."

목이, 말라 들어가요.

이건…… 꿈이, 아니에요.

현실이에요.

진짜, 현실이에요.

"왜…… 왜……?"

왜, 온 거예요.

이렇게 많은 사람이 보고 있는데…….

증명한다고 했잖아요?

저와 똑같다는 걸…… 증명한다고 안 했어요?

그런데 왜— 왜, 이렇게 멋진 짓을 하는 건가요.

이렇게 되면— 저 자신이 얼마나 얄팍한지, 깨닫고 말잖아요!

"……."

미즈토 씨는 변함없어요.

참을 수 없을 만큼 멋지고…….

참을 수 없을 만큼 괴짜에…….

저와 한 약속대로— 그대로예요.

……그래요.

역시, 그래요.

미즈토 씨는 거짓말쟁이예요.

하지만…… 저는 미즈토 씨를 정말 좋아하니까, 용서해줄게요.

그래요.

저는, 그런 미즈토 씨를 좋아하니까—.

"……받아."

"네?"

미즈토 씨는 접혀 있는 종이 몇 장을, 제 책상 위에 뒀어요.

어라?

『데리러 왔어』는?

『괜찮아』는?

멋진 말을 해서…… 우리 반 여자애들을, 호흡 곤란을 일으키게 만드는 거 아니었어요?

"그럼 가볼게."

미즈토 씨는 중얼거리듯 그렇게 말한 후, 그대로 교실에서 나갔어요.

마치, 자신을 향한 날카로운 시선에서 도망치려는 것 같았어요.

오늘 아침에 본 악몽과는…… 너무나도 다르네요.

교실에 있던 학생들은 잠시 의아해했지만, 곧 다시 수다를 떨기 시작했다.

아무 일도 없었던 것처럼요.

그저, 제 책상 위에 정체불명의 공책 몇 권만이 놓여 있었어요.

……이걸로…… 증명, 한다는 걸까요.

일주일 동안, 아무것도 안 했으면서…… 이 종잇조각으로, 뭘 증명한다는 걸까요.

저는 머뭇거리며, 접혀 있는 종이를 펼쳤고—.

—거기에 적혀 있는 문장을, 읽기 시작했어요.

"……푸흡."

읽어나가면서…….

"픕, 아하."

몰입했고…….

"아하— 하하하!"

끝까지 읽은 후…….

"아하! 하하하하하하하하하하하하하하하하하하하하—!!"

어느새, 저는 폭소를 터뜨렸어요.

교실 안에서는 한순간 정적이 감돌더니, 무수한 미심쩍은 시선이 저를 향했어요.

아, 실수했어요. 그러고 보니 여기는 교실이었죠.

그래도— 됐어요.

호흡이 진정될 때까지 기다린 저는 그 종이를 품에 안은 후, 가방을 어깨에 걸치며 자리에서 일어났어요.

교실을 나섰어요.

복도를 빠른 발걸음으로 나아갔어요.

목적지는— 미즈토 씨가 있는 곳.

1학년 7반 교실이에요.

활짝 열린 문을 통해, 주저 없이 안으로 들어섰어요.

교실에는, 아직 사람이 잔뜩 있었어요.

아무래도 상관없어요.

그중에 자리에 앉아있는 미즈토 씨가 있다는 것만이, 중요해요.

"히가시라 양—?"

유메 양의 목소리가 들려왔지만, 일단 제쳐두기로 했어요.

사람들 사이를 가로지르며, 미즈토 씨의 앞에 섰어요.

아까, 미즈토 씨가 한 것처럼요.

"미즈토 씨."

제가 말을 걸자, 미즈토 씨는 제 얼굴을 올려다봤어요.

그 귀여운 얼굴은 아무 일도 없는 것처럼 태연했지만…… 그래서 더 우스웠어요.

저는 그 종이를 미즈토 씨의 책상에 뒀어요.

그리고— **감상**을, 입에 담았어요.

"—엄청! 재미없었어요!!"

그것은 제 인생에서 가장 개운한 기분으로 말한, 혹평이었어요.

몇 장의 종이에 적힌 것은, 소설이었어요.

손글씨로 쓴 그 자기도취적인 문장은 독백만 구질구질하게 이어지기만 하며 스토리의 기복이 전혀 없고, 게다가 완결조차 나지 않은, 그런 얼토당토않은 소설이었어요.

만약 신인상에 응모하더라도 1차 선고에서 탈락할 것이

며, 소설 투고 사이트에 올려도 10포인트도 벌지 못할 그것은 미즈토 씨가 쓴 소설이 틀림없어요.

단언할 수 있어요.

제가 쓴 소설이 훨씬 재미있을 거예요.

깜짝 놀랐어요. 그렇게 다양한 책을 읽는 미즈토 씨가 이렇게 전형적인 자기만족 소설을 쓸 줄은 몰랐어요. 혹시 일부러 이런 식으로 쓴 걸까요?

미즈토 씨는 거북한 듯 고개를 돌렸어요.

"……그런 소리를 들을 거라 예상하긴 했지만, 그렇게 딱 잘라서 말하니 마음이 좀 아픈걸……."

"자기가 쓴 글을 객관적으로 판단하고 있나 보네요."

"아니, 그게, 저기…… 선약이 있어서, 보여준 녀석이 있거든."

선약?

미즈토 씨가 자작 소설을 보여준 상대라면…….

고개를 돌려보니, 유메 양이 어이없다는 눈길로 미즈토 씨의 책상 위에 놓인 종이를 쳐다보고 있었어요. 오호라, 미리 평가를 받았던 것 같네요.

"혹시나 해서 말해두겠는데, 최선을 다해 쓴 거야. 겨우 2000자 정도를 쓰면서 일주일이나 걸렸어. 소설 투고 사이트에 매일 글을 올리는 사람을, 진심으로 존경할래."

"뭐, 일부러 대충 쓰는 건 실력 있는 사람만 할 수 있을 테니까요."

"……가차 없는 발언인걸……. 다 썼을 때만 해도, 너무 잘 써서 역효과일 거라고 생각했는데……."

그렇게 중얼거리는 미즈토 씨는 진짜로 풀이 죽은 것 같아요.

그 모습을 본 저는 진심으로 안도했어요.

엄마의 말은, 역시 틀렸어요.

하지만, 맞는 부분도 있어요.

모두 다, 그렇게 다르지 않아요.

하지만 모두 다, 서로가 이상하게 보이는 거예요.

그래서, 안심하고 싶은 거죠.

똑같이 보이고 싶은 거예요.

자기가 이해할 수 있는 존재가 되어주기를 바라는 거예요.

그에 부응하는 능력이 『협조성』이고.

그에 부응하는 방법론이 『상식』이며.

그에 부응하는 관계성이 『사회』예요.

그렇다면, 저는 당당히 협조성을 버리겠어요.

당당히 비상식이 되겠어요.

당당히 사회에서 벗어나겠어요.

저는— 누구나 알 수 있는 『이상한 애』가 되겠어요.

분위기 파악을 못 하는 제가 할 수 있는 건, 어차피 그것뿐이에요.

하지만 괜찮아요.

그러다 또, 실패하더라도— 분명, 괜찮아요.

왜냐하면—.

"미즈토 씨."

저한테 있어 미즈토 씨는 평범하지도, 이상하지도 않아요.

협조성이 없어도, 상식에 따르지 않아도, 사회에서 벗어나도…….

그저 그 자체로 안심이 되고, 똑같아 보이며, 이해할 수 있는 존재가 되어 주는—.

"저, 미즈토 씨를 좋아해요."

—이 세상에 단 한 명뿐인, 『특별』한 사람이니까요.

"그래."

미즈토 씨는 부드럽게 웃었어요.

"나도 좋아해."

저보다 평범하고 저보다 이상한 이 절친은, 저와 같은 말을 해줬어요.

그래요.

특별한 친구를, 절친이라고 부르는 거예요.

저는 미즈토 씨와 나란히 걸으며, 도서실로 향했어요.

저희를 힐끔힐끔 쳐다보는 이가 종종 있었지만, 개의치 않았어요.

그래도, 기분이 좋기는 했어요.

어떤가요. 이 사람이 제 절친이에요. 부럽죠?

저는 결국, 속물이에요.

복도를 걸으면서 몸을 살짝 굽힌 저는 미즈토 씨의 얼굴을 들여다봤어요.

"그런데 미즈토 씨는 언제까지 지를 성으로 부를 건가요?"

"뭐?"

"슬슬 저한테 맞춰줘도 되지 않을까 싶거든요~?"

절친인데 저만 이름으로 부르고, 미즈토 씨는 성으로 부르는 건 부자연스러워요.

전에도 은근슬쩍 제안을 한 적 있지만, 이대로 있다간 이 호칭 문제를 개선 못 할 것 같아요. 그러니 오늘은 놓치지 않겠어요.

미즈토 씨는 인상을 쓰면서…….

"……변하지 않기로, 약속했잖아?"

"그건 제가 바라는 미즈토 씨로 있어 주겠단 약속이잖아요. 저의 미즈토 씨는, 저를『이사나』라고 불러주거든요?"

"큭…… 쓸데없이 머리가 잘 돌아가는 녀석이야……."

미즈토 씨는 입을 벌렸다가, 다물더니, 눈을 돌린 후……

작은 목소리로 말했어요.

"이……사나."

"한 번 더!"

"이사……나."

"더 큰 목소리로!"

"이사나! 이제 됐지, 이사나?! 불만 없지, 이사나?!"

"어버버버버! 잠깐, 스톱, 공급 과다예요……!"

예상치 못한 역습에 제가 허둥대자, 미즈토 씨는 흥 하고 코웃음을 치며 멋쩍은 듯 고개를 돌렸어요.

그 순간, 어떤 아이디어가 머릿속에 떠오른 저는 히죽 웃었어요.

항상 당하기만 했으니까— 이번에는 제가 미즈토 씨에게 한 방 먹여줘도 괜찮겠죠?

"미즈토 씨. 이제까지는 분위기를 파악해서 입 다물고 있었던 게 있는데요."

"분위기를 파악해? 네가?"

"미즈토 씨의 전 여친은, 유메 양 맞죠?"

우뚝 멈춰선 미즈토 씨의 표정이 얼어붙었어요.

"뭐……어?"

저는 그 모습을 보며, 히죽거렸어요.

"미즈토 씨— 저를 너무 얕보지 말아 주세요."

저는 그렇게 딱 잘라 말한 후, 가벼운 발걸음을 내디뎠어요.

미즈토 씨의 발소리가, 허둥지둥 저를 쫓아왔어요.

"아니, 너, 언제—."

"글쎄요? 상상에 맡길게요~."

미즈토 씨도, 유메 양도, 저보다 바보라니까요~.

본인들이 밝힐 때까지 눈치채지 못할 거라고 생각하다니— 제가 그런 분위기를 파악할 수 있을 리가 없잖아요.

전 연인은 상담한다

◆ 이리도 유메 ◆

미즈토와 히가시라 양에 관한 소문은 이제 와서 더욱 과열되고 있었다.

하지만 그것은 소문이 소문을 부른다—기 보다, 두 사람의 관계가 당연한 사실로 여겨지기 시작한 느낌이었다. 아카츠키 양의 말에 따르면, 조만간 두 사람의 관계는 화제성을 잃고 공공연한 사실로 일상에 묻힐 거라고 한다.

소동이 일단락된 것은 기쁜 일이지만, 나로서는 문제가 전혀 해결되지 않았다. 엄마의 착각으로 시작된, 미즈토와 히가시라 양의 커플 설— 그 오해는 풀리긴커녕, 드디어 학교에도 퍼지고 만 것이다. 즉, 내가 끼어들 여지는 이제 없다고 해도 과언이 아니었다…….

미즈토와 히가시라 양은 주위의 반응을 그냥 무시하며 하고 싶은 대로 하는 길을 선택했다.

하지만, 나는 그럴 수 없다.

학교라는 사회에서 속박되지 않는 그 두 사람과 달리, 나한테는 입장이나 이미지 같은 세간의 체면이 있다. ―주위를 무시하며 미즈토에게 대시해서 히가시라 양한테서 그를 약탈하려 한다는 소문이 퍼지면, 그대로 파멸하고 만다.

……애초에, 말이다.

그 미즈토가. 에베레스트산처럼 자존심이 강한 그 남자가. 히가시라 양을 안심시킨다는 목적만을 위해 잘 쓰지도 못하는 소설을 써서, 나에게 보여준 후, 직접 교실까지 찾아가서 건네줬다는 사실…….

무엇보다―.

―나도 좋아해.

클래스메이트 앞에서 입에 담은, 그 대사!

아니, 알아. 안단 말이야! 연애적인 의미에서 좋아한다는 것과는 뉘앙스가 다르다는 건, 나도 알아!

하지만, 만약…… 같은 불안을 억누를 수가 없다.

그 남자…… 히가시라 양한테, 진심이 된 건 아닐까……?

고백을 거절한 건, 이제 옛날 일이다. 미즈토와 히가시라 양의 유대가 얼마나 깊은지는 이제 의심할 여지가 없으며, 이미 그것은 연인의 영역마저 넘어서려 하는 것처럼 느껴졌다. ―만약 그 두 사람이 고백이라는 통과 의례를 필요로 하지 않을 만큼, 깊이 맺어진 것은 아닐까 하는 느낌이 들었다.

그것이 사랑이라고 본인들은 생각하지 않을지라도…… 내가 끼어들 여지가 없다는 점에는, 변함이 없다.

……. 뭐, 이번에도 그 두 사람의 등을 밀어준 사람은 또 나지만 말이다.

어라……? 이상하네……. 미즈토의 연인이 되기로 결심한 후로, 내 목을 조르는 짓밖에 안 한 것 같지 않아……?

"으음……."

어떻게 된 걸까.

대체 어떻게 된 걸까.

내가 거실 소파에서 데굴거리며 끙끙거리고 있을 때, 현관문이 열리는 소리가 들렸다. 누가 돌아온 것이다.

몸을 일으켜보니, 교복 차림의 미즈토가 거실 안으로 들어오고 있었다.

"어서와. 늦었네."

"다녀왔어. 이사나와 어디 좀 들렀다 왔거든."

"흐음~."

미즈토는 냉장고에서 꺼낸 보리차를 마시며 한숨 돌린 후, 거실을 나와 계단을 올라갔다.

뭐, 이러니저러니 해도 원래대로 되돌아가서 참 다행이야. 미즈토도 거리낌 없이 이사나―.

―어어??

이사나?

"……."

나는 떨리는 손으로 스마트폰을 꺼낸 후, 아카츠키 양에게 전화를 걸었다.

"아, 아카츠키 양, 아카츠키 양! 미즈토가, 미즈토가……!"

『어?! 유메, 무슨 일이야?! 무슨 일 있어?!』

"미, 미즈토가, 미즈토가 말이지? 미즈토가……!"

『그만 좀 불러! 일부러 눈치 못 챈 척하고 있단 말이야! 이름을 막 부르는 거 가지고 확 태클 날려버린다?!』

"맞아! 이름을 막 불러!"

『어? 한참 전부터 그랬던 것 같은데…….』

"뭐? 전부터 그랬어? 미즈토는 전부터 히가시라 양을 이름으로 불렀던 거야……?"

『……어? 뭐? 방금 뭐랬어?』

"그러니까, 미즈토가 히가시라 양을 이름으로……."

『아, 아니, 그런 몰랐어! 처음 들었거든?!』

"방금 『이사나』라고 불렀단 말이야……."

『뭐어…… 맙소사. 이리도가, 여자애를 이름으로 부르다니…….』

나조차도! 사귀던 시절의 나조차도! 이름으로 부르지 않았는데!

『가족 공인에 이어 학교 공인, 거기에 호칭까지 변화한 건가요~.』

"나 이제 어쩌면 좋지……! 아카츠키 양이라면 뭔가—."

『유메.』

“응!”

『상대가 나빴네.』

“나를 버리지 마~!!”

◆ 이리도 미즈토 ◆

방으로 돌아간 나는 교복을 벗지 않고 스마트폰을 꺼낸 후, 어느 그룹 채팅 앱의 보이스 채널에 들어갔다.

“저기, 방금 귀가했어.”

『—끄아앗?! 왜 그렇게 벼랑 플레이에 당하는 거냐고! 온라인 플레이잖아!』

『이렇게 잘 읽혀선 랙 같은 건 상관없거든요~. 자, 여기서 점프!』

『으갸아아아아!!』

“……너희들, 지금 무슨 게임을 하는 거야.”

스마트폰 너머에서 『조~무~래~기~, 조~무~래~기~』 같은 수준 낮은 조롱을 되풀이하고 있는 이는 히가시라 이사나, 그리고 분해 죽겠다는 듯 이를 갈고 있는 건 카와나미 코구레였다.

학교에서 이야기를 나눈 후에 바로 집으로 돌아왔지만, 이 두 사람이 먼저 귀가한 것 같았다. 어떤 이야기가 오갔는지는 모르겠지만, 한쪽이 시비를 걸면서 게임으로 결판을 내기로 한 것 같았다.

이런 드문 조합으로 통화를 하게 된 이유는 단순했다.

『이봐, 이리도! 이 최저 국민 수준녀한테 의지할 거 없잖아! 연애 상담이라면 나로 충분하다고!』

"딱히 상담한 적 없어. 이사나가 먼저 말을 꺼냈을 뿐이야."

『뭐어? 무슨 속셈인지 모르겠네. 차인 여자가 연애 상담을 해준다고? 꿍꿍이가 있는 게 당연하잖아.』

『저는 그런 짓을 할 만큼 머리가 좋지 않거든요?! 그런 짓은 머리 좋은 여자들이나 하는 거예요!』

"너, 자기 입으로 그런 소리를 하면 슬프지 않은 거야?"

『그럼 대체 무슨 속셈인데? 네가 이리도의 연애에 협력해서, 어떤 이득을 얻느냔 말이야.』

『이득이랄까…… 한번 상상해 보세요. 미즈토 씨는 저와 같이 놀다가, 갑자기 그윽한 눈길로 생각에 잠기거든요? 그럼 신경이 쓰일 수밖에 없지 않겠어요?!』

『아~, 그건 맞는 말이야.』

"……."

그런 표정을 지었나?

『그래서, 빨리 재결합을 하거나, 깔끔하게 마음의 정리를 해주세요! 계속 마음이 쓰인단 말이에요!』

"너, 지금까지 마음이 쓰였던 거야……?"

『말은 그렇게 하지만, 실은 연애 상담을 빙자해서 기회를 엿보는 거 아냐? 우와~, 얌전하게 생겨서, 정말~.』

『그래서 당신도 부른 거라고요, 경박남 씨. 이러면 유메 양도 오해를 안 할 거잖아요!』

『못 미더운데~. 방법이라면 얼마든지 있거든? 예를 들자면—.』

『미즈토 씨…… 저와 연애 연습, 안 할래요?』

『이봐, 인마, 짜샤, 이 녀석이!』

『예를 들었을 뿐인데요.』

불량배 같은 말투로 떠들어대는 카와나미를, 이사나는 깔끔하게 무시했다. 얼굴을 마주했을 때는 겁먹으면서, 이렇게 통화할 때는 당당하기 그지없었다.

이사나는 『저는 일단 제쳐두고』라고 말하며 다시 본론으로 들어갔다.

『유메 양 쪽은 어떤 심정일까요? 미즈토 씨처럼 미련이 철철 넘칠까요?』

"나는 미련 없어."

『『에이, 농담도 참~.』』

"왜 이럴 때만 호흡이 척척 맞는 거냐고……."

하아, 하고 한숨을 내쉰 후…… 나는 솔직한 의견을 입에 담았다.

"……잘 모르겠어. 마음이 있는 것처럼 보이기도 해. 하지만, 그냥 놀리는 것처럼 보이기도 하거든. 내가 너무 신경을 쓰는 것뿐일 가능성도 있어. 지금의 그 녀석은 내가 아는 그 녀석과 너무 달라서…… 하나도, 모르겠어.”

『나는 가능성이 넘친다고 생각하는데 말이야. 뭐, 제삼자라서 이런 소리를 할 수 있는 거겠지.』

『으음…… 제가 말을 꺼내놓고 이러는 건 좀 그렇지만, 어느 쪽이든 괜찮지 않나요?』

『“뭐?”』

무책임한 발언을 들은 나와 카와나미가 한목소리로 어이없어하자, 이사나는 가슴을 펴는 모습이 눈앞에 어른거리는 듯한 목소리로 당당히 선언했다.

『지금 가능성이 있든 없든, 확 꼬셔버리면 선택지는 「좋아해」 하나만 남잖아요! 망설일 여지 제로예요!』

잠시 정적이 흘렀다.

너무나도…… 나한테 있어, 너무나도 뜻밖의 의견이라…… 이해하는 것조차, 쉽지 않았다.

이윽고…….

『—하! 하하하! 푸아하하하하하하!!』

카와나미가, 웃음을 터뜨렸다.

『그래! 그렇구나! 확실히 상관없지! 이거 한 방 먹었는걸, 이리도! 푸하하하하하!!』

“아니…… 잠깐만, 이건 그렇게 단순한 이야기가…….”

『안심하세요! 저, 히가시라 이사나는 미즈토 씨에게 반하는 것에 있어선 프로 중의 프로! 유메 양이 순식간에 홀딱 반해버리고 말 만큼, 제가 생각한 최강의 미즈토 씨로 프로듀스해드릴게요! 그다음에 아무런 걱정 없이 저와 마음껏 노는 거예요!』

『유메 양과 다시 사귀게 되면 너와 놀 리가 없다고, 바보야.』

『미즈토 씨는 그렇게 그릇이 작은 사람이 아니거든요? 이 멍청이야.』

『뭐라고?!』

『한판 뜰래요?!』

두 사람이 또 스마트폰 너머로 싸우기 시작하자, 나는 한숨 섞인 목소리로 중얼거렸다.

"연애 따위보다, 너희가 훨씬 성가셔……."

■작가 후기

후기는 본편의 참고서— 즉, 게임에 있어서의 공략본, 일반문에 작품의 해설 같은 것이라고 저는 여깁니다. 하지만 이번에는 전체적으로 너무 난산이었던 만큼, 저야말로 참고서가 필요할 지경이었습니다. 이건 전부 히가시라 이사나라는 성가신 여자애 탓입니다.

2권에서는 이야기 중간중간에 이사나 시점의 독백을 넣자는 의견이 있었습니다. 그것을 포기한 건, 그녀가 아직은 베일에 싸인 존재였으면 해서입니다. —이상(理想)과 미지가 뒤섞인 존재이기를 바라서죠. 이미 알게 된 것을 모르는 것으로 되돌릴 수는 없습니다. 단순한 사고나 눈물겨운 잔꾀가 매력적인 밀실 살인이 되듯, 모르는 것에는 그에 상응하는 빛이 깃듭니다. 특히 이미 알고 있다고 여기던 것에는— 미즈토의 눈을 가리고 있던 것은 바로 그것이며, 그래서 독자 여러분도 그와 같은 심경이 되어줬으면 하는 마음에 이사나 시점의 문장은 쓰지 않았습니다.

그 바람에, 저도 몰랐습니다.

이미 몇 번이나 말씀드렸습니다만, 저는 이 소설이 앞으로 어떻게 될지 확실하게 알고 있지는 않습니다. —등장인물이 무슨 생각을 하는지, 구체적으로 어떤 행동 원리를 지니는지, 실제로 써볼 때까지는 모릅니다. 이번의 이사나가 딱 그러했으며, 제가 쓴 원고에 대해 「아니, 이건 좀 아니에요」 하고 반론을 내뱉더군요.

이미 본편을 읽은 분이라면 알고 계시겠습니다만, 사실 이사나의 『악몽』 장면이 첫 원고에서는 클라이맥스 부분이었습니다. 특별판 발매로 마감이 다른 때보다 빨라진 상황에서 겨우 집필을 마친 저는 담당 편집자님에게 「이번에는 ●●페이지입니다」라고 구체적인 페이지 수까지 전했죠. 그런데 바로 그때, 이사나가 말하는 겁니다. 「뭔가 좀 아닌 것 같아요」라고요.

뭐가 아니라는 건데.

모르겠습니다. 뭔가 아닌 것 같다는 말만 듣고 대체 뭘 알겠냐고요. 대체 뭐가 아니라는 건데. 지적을 할 거면 구체적으로 해. 오늘이 며칠인지 알긴 하냐. 마감까지 사흘 남았단 말이다!

집 안에서 구역질이 날 만큼 머리를 쥐어짜 낸 끝에, 겨우겨우 오케이를 받아냈습니다. 미즈토의 히어로적 행위로 문제를 해결하는 부분이 캐릭터 해석 면에서 잘못됐다고 여긴 것 같더군요. 이래서 오타쿠는 문제라니까요.

일러스트 담당인 타카야Ki 선생님, 코미컬라이즈를 맡고 계신 쿠사카베 레이 선생님, 카도카와 스니커 문고의 담당 편집자님, 드라마 CD에 출연해주신 성우 여러분, 그리고 이 책의 발간에 관여해주신 모든 분께 감사드립니다. 하지만 유행병, 너는 사라져라.

저, 카미시로 쿄스케의 『새 엄마가 데려온 딸이 전 여친이었다 5 당신은 이 세상에 단 한 명뿐』을 전해드렸습니다. 유메는 왜 자처해서 패배 히로인이 되려고 하는 걸까요?

■역자 후기

안녕하십니까. 근로청년 번역가 이승원입니다.

『새 엄마가 데려온 딸이 전 여친이었다』 5권을 구매해주셔서 진심으로 감사드립니다.

요즘 이런저런 일로 멘탈이 흔들려서 힘들었는데, 기분 전환 삼아 집 앞의 바다에 가봤습니다.

늦은 밤, 걸어서 10분 거리에 있는 바다에 가보니 파도 소리 말고는 들리는 게 없더군요.

모래사장에 앉아서 멍하니 파도 소리를 듣고 있으니 마음이 좀 편안해지는 느낌을 받았습니다.^^

집 앞에 바다가 있으니 참 좋네요.^^

앞으로도 작업이 막힐 때면 이렇게 바닷바람을 쐬러 나가야겠다고 생각했습니다.

여러분도 자신만의 기분 전환법을 찾으시길 진심으로 빕니다!

그럼 『새 엄마가 데려온 딸이 전 여친이었다』 5권에 관해

이야기를 좀 해볼까 합니다.

스포일러가 포함되어 있을 수도 있으니 본편을 안 읽으신 분은 유의해주시길!

『새 엄마가 데려온 딸이 전 여친이었다』 5권은 2권에서 탈락한 히로인, 히가시라 이사나의 이야기를 다루고 있습니다.

이미 패배한 히로인으로 무엇을 할 수 있단 말이더냐! 지난 권에서 폭탄선언(?)을 한 유메나 데려와! 라고 저도 시놉시스를 읽으며 생각했습니다만…… 히가시라 이사나는 파면 팔수록 매력이 넘쳐 나오는 캐릭터더군요.^^

단순히 4차원적인 캐릭터라는 것으로 끝내는 게 아니라, 그녀가 왜 그런 캐릭터가 된 것인지라는 부분에 초점을 맞추면서 2권에서 그리지 않았던 그녀의 내면을 집중 조명하고 있습니다.

그러면서 사랑의 라이벌이 된 유메를 들러리(^^) 겸 도우미(^^)로 이용해버리면서, 4권에서 유메가 한 일대 결심은 대체 뭐였냐, 하고 독자 여러분이 생각하게 만들어 버렸죠.

……이러다 유메 패배 루트가 확정되는 건 아닐까 걱정되기 시작합니다. 제목에도 언급되는 메인 히로인인데! 말이죠, AHAHA.

다음 권에서야말로 유메가 제대로 된 활약을 보여주길 진심으로 기대합니다!

그럼 이만 줄이겠습니다.

항상 재미있는 작품을 맡겨주시는 L노벨 편집부 여러분에게 진심으로 감사드립니다. 앞으로도 잘 부탁드립니다!

집에서 자가격리 중인 악우들이여. 쾌유를 빈다. 낫고 나면 오래간만에 바닷가에 모여서 파도멍을 하자.^^

마지막으로 언제나 제게 버팀목이 되어주시는 어머니와 『새 엄마가 데려온 딸이 전 여친이었다』를 읽어주신 모든 분께 진심으로 감사드립니다.

문화제 실행위원이 된 전 연인이 사랑의 줄다리기(정말?)를 펼치는 6권 역자 후기 코너에서 다시 뵙겠습니다!

2022년 3월 말

역자 이승원 올림

새 엄마가 데려온 딸이 전 여친이었다 5

1판 1쇄 발행 2022년 5월 10일
1판 2쇄 발행 2022년 9월 16일

지은이_ Kyosuke Kamishiro
일러스트_ TakayaKi
옮긴이_ 이승원

발행인_ 신현호
편집장_ 김승신
편집진행_ 권세라 · 최혁수 · 김경민 · 최정민
편집디자인_ 양우연
관리 · 영업_ 김민원

펴낸곳_ (주)디앤씨미디어
등록_ 2002년 4월 25일 제20-260호
주소_ 서울시 구로구 디지털로 26길 111 JnK디지털타워 503호
전화_ 02-333-2513(대표)
팩시밀리_ 02-333-2514
이메일_ lnovellove@naver.com
L노벨 공식 카페_ http://cafe.naver.com/lnovel11

MAMAHAHA NO TSUREGO GA MOTOKANO DATTA Vol.5
ANATA HA KONOYO NI TADA HITORI

ISBN 979-11-278-6442-2 04830
ISBN 979-11-278-6075-2 (세트)

값 7,800원